뜻밖의

계절

뜻밖의 계절

임하운 장편소설

SIGONGSA

차례

1장

선택 사항

4교시가 끝날 때까지 나는 기절한 듯 잤다. 중간중간 담당 과목 선생들이 깨울 때도 있었지만 잠깐 고개를 들었다가 곧바로 다시 잤다. 그럴 때마다 주위 애들이 내 몸을 흔들었다. 내 의식은 현실과 꿈 사이를 이리저리 배회했는데 무엇이 현실이고 무엇이 꿈인지 정확히 구분할 수 없었다.

내 의식이 또렷하게 현실로 돌아온 건 점심시간 때였다. 주변을 둘러보니 교실은 거의 텅 비어 있었다. 3분단 맨 앞자리에 모여 있는 여자 애들 몇 명과 4분단 맨 뒷자리에 혼자 앉아 있는 여자 애가 전부였다. 나는 숨을 길게 내뱉고 점심을 먹으려고 자리에서 일어났다.

앞자리에 모여 있던 애들 중 한 아이가 맨 뒤에 혼자 있는 여자 애에게 살갑게 말했다.

"밥 안 먹어?"

"아, 응……."

"같이 가자."

"아, 아니야."

같이 먹자고 권하던 아이는 고개를 끄덕이고 무리와 함께 밖으로 나갔다. 나도 교실을 빠져나와 1층에 있는 급식실로 내려갔다.

나는 밥 한 톨 남기지 않고 든든하게 배를 채우고 교실로 올라오자마자 엎드렸다. 5교시부터는 다시 깊은 잠에 빠져야만 했다. 그리고 다행히도 잠을 깨우지 않는 선생이 들어와 5교시 내내 푹 잘 수 있었다.

6교시 특활 시간에는 담임이 수업 분위기가 좋지 않다며 자리를 바꾸겠다고 했다. 어차피 좁은 교실 안에 갇혀 있어야 하는 건 변함이 없었는데도 반 애들은 상당히 좋아했다. 나는 어떻게 되든 상관없었지만 잠을 못 자는 것이 안타까웠다.

그들은 자리를 어떻게 바꿀지 상의하다가 늘 똑같은 제비뽑기로 결정을 내렸다. 한 아이가 담임을 도와 준비를 끝내자 이번에는 통을 몇 분단부터 돌릴지 의견이 분분했다. 결국 각 분단의 대표들이 가위바위보를 했다. 지루한 가위바위보가 끝나고 통이 돌아가기 시작했다. 내가 속한 분단은 세 번째였다. 모두가 흥미진진한 얼굴로 통이 돌아가는 걸 지켜봤다.

나는 관심이 없었기 때문에 창밖으로 고개를 돌렸다. 푸른 하늘에 하얀 구름이 몇 개 떠 있었다. 구름의 움직임을 보고 있을 때 통이 내 책상 위로 왔다. 나는 접힌 종이를 하나 뽑았다. 번호를 확인하니 자리가 크게 바뀌지 않았다. 한 칸 뒤로 가면 끝이었다.

제비뽑기가 끝나자 담임은 교체된 자리로 조용히 이동하라고 했다. 하지만 애들은 요란법석을 떨며 자리를 옮겼다. 책상을 마구잡이로 밀면서 다른 책상과 부딪치게 만드는 애들도 있었고, 비키라며 소리를 질러대는 애들도 있었다. 자리가 거의 정리됐을 때쯤 나는 책상을 조금 뒤로 밀어 이동했다.

이제 다 끝났다고 생각하고 엎드리려는데 옆에서 목소리가 들려왔다.

"잘 지내자."

나는 살짝 고개를 돌려 내 짝의 얼굴을 확인했다. 아까 혼

자 있던 여자 애에게 같이 밥을 먹으러 가자고 했던 아이였
다. 나는 고개를 반쯤 끄덕이고 다시 엎드리려고 했다.

"같은 반 된 지 한 3개월 됐는데 너랑 한마디도 안 한 것
같아. 그치?"

나는 고개만 끄덕였다.

"내 이름은 알지?"

"몰라."

"진짜 몰라?"

나는 다시 고개를 끄덕였다.

"어떻게 반 친구 이름을 몰라?"

"왜 알아야 하는데?"

"어?"

나는 숨을 내뱉고 엎드렸다. 질문에 일일이 대답하는 게
귀찮아졌기 때문이다. 지금은 최선을 다해 자야 했다.

7교시가 끝나고 갈증 때문에 잠에서 깼다. 물을 마시러 나
가는데 누가 내 팔을 잡았다. 고개를 돌리니 내 짝이 서 있었
다. 나는 피곤한 얼굴로 그 아이를 쳐다봤다.

"아까 말을 왜 그렇게 해?"

"무슨 말."

"내가 뭐 잘못한 거 있어?"

"없어."

"그런데 왜 그래?"

질문에 대답하는 것도 내 선택 사항일 뿐이었다. 나는 아무 대답도 하지 않고 정수기로 걸어갔다. 그리고 다행히 그 애는 더 이상 내게 말을 걸지 않았다.

학교가 끝나면 집으로 돌아가 옷을 갈아입고 곧바로 편의점으로 아르바이트를 갔다. 지금 내 나이로는 부모의 동의를 구해야 했는데, 내 아버지는 내가 무슨 일을 한다 해도 상관하지 않을 사람이었다. 나는 편의점 조끼를 단정하게 입고 카운터에 앉아 손님이 오길 기다리면서 책을 읽었다. 시급이 마음에 들지는 않았지만 책을 읽을 수 있었기 때문에 나름대로 만족했다. 손님이 들어오면 잠시 책을 덮고, 나가면 다시 읽었다.

이곳은 다른 편의점보다 꽤 넓었는데 카운터 앞쪽에는 거의 식당처럼 테이블 세 개가 놓여 있었다. 편의점에서는 정신적으로나 육체적으로 특별하게 힘든 일이 없었다. 돈 계산을 하고, 사람들이 헤집어놓은 물품을 다시 정리하고, 가끔 물건이 들어오면 상자를 창고에 넣어두면 됐다. 그리고 분리수거와 음식물 쓰레기 정리 외에는 그리 어려운 일이 없었다.

두 시간 사이에 손님이 몇 명 들어왔다. 과자를 사기도 했고 컵라면을 먹기도 했고 담배를 사기도 했다. 시계는 똑딱 소리를 내며 계속 움직였고, 시계의 움직임에 따라 밖이 어두워졌다.

카운터 옆이 커다란 유리창이었기 때문에 밖이 훤히 보였다. 가끔 책을 읽다가 머리가 아파지면 밖을 바라봤다. 특별한 풍경이 있진 않았다. 그저 도로와 신호등뿐이었다. 하지만 지나가는 차를 보고 있는 것만으로도 마음이 한결 편안해졌다.

문 열리는 소리가 들려 인사를 했다. 잠깐 고개를 들어 손님을 보니 나와 같은 학교의 교복이었다. 혹시나 아는 얼굴일까 싶어 얼굴을 보려고 했지만 이미 지나가버렸다. 보고 싶지 않아도 어차피 계산할 때 봐야 했기 때문에 더 신경은 쓰지 않았다.

부스럭거리는 포장 비닐 소리가 들리면서 카운터 위에 샌드위치와 바나나 우유가 놓였다. 나는 살짝 고개를 들어 손님의 얼굴을 확인했다. 오늘 점심시간에 끝까지 교실에 혼자 남아 있던 여자 애였다. 말끔한 구릿빛 피부에 볼살이 조금 있었지만 통통해 보이지는 않았다. 계산을 끝내자마자 그 아이는 테이블로 걸어갔다.

날 아는지 모르는지 짐짓이 되지 않았다. 하지만 문제 될 건 없었다. 나는 덮었던 책을 다시 펼쳤다. 조용하던 편의점에 샌드위치 씹는 소리와 비닐 포장지 부스럭거리는 소리가 선명하게 퍼졌다.

구릿빛 아이는 꽤 오랫동안 샌드위치를 먹었는데, 다 먹고 나서도 자리에서 일어나지 않았다. 나도 저녁을 먹어야 했지만 손님이 있었기 때문에 움직일 수가 없었다. 그 아이는 의자에서 굳어버린 것처럼 창밖을 봤다. 나는 조금 더 기다리다가, 빨리 갈 상황이 아니라는 걸 깨닫고 폐기물을 모아놓는 통으로 갔다.

내가 일어나자 그 아이는 잠깐 고개를 돌려 나를 봤다. 나는 신경 쓰지 않고 유통기한이 지난 삼각김밥 두 개와 컵라면 하나를 먹었다. 10분도 안 되어 음식을 다 먹고 쓰레기를 치웠다.

카운터에 다시 앉자마자 그 아이가 보였다. 아직도 같은 자리에 앉아 창밖을 보고 있었다. 뭘 하는 건지 알 수 없었지만 이 공간으로 들어온 순간부터 어떤 사람이든 내겐 손님이 되었고, 그렇게 되는 순간부터 나는 그들에게 최선을 다해야 했다. 지금 내 앞에 있는 손님에게 할 수 있는 최선이란 그저 건드리지 않는 것이었다. 나는 더 이상 신경 쓰지 않기로 하고 책을 읽으며 시간을 보냈다.

퇴근할 시간이 가까워질 즈음 그 아이가 희미한 의자 소리를 내며 카운터로 다가왔다. 나는 고개를 들어 뭐가 필요하냐는 얼굴로 손님을 쳐다봤다.

"같은 반이지?"

나는 말없이 고개를 끄덕였다.

"근데 고등학생은 편의점에서 일 못 하지 않아?"

공격하기 위한 질문인지 호기심을 위한 질문인지 알 수 없었지만 나는 그렇다는 식으로 고개를 끄덕였다.

"저기, 내일 수행평가 같이 할래?"

나는 무덤덤한 얼굴로 그 아이를 보다가 고개를 끄덕였다. 내일은 체육 수행평가가 있는 날이었다. 여자와 남자가 짝을 이뤄 손을 잡고 축구를 해야 했다. 나도 같이 할 사람이 없었기 때문에 거절할 필요는 없었다.

"정말?"

나는 다시 고개를 끄덕였다.

그 아이는 꽤 만족스러운 얼굴로 아무 말 없이 밖으로 나갔다.

분명 남에게 호감을 주는 얼굴이었고, 먼저 나서지 않아도 사람들이 다가올 부류의 아이였다. 그런데 왜 교실에서 혼자 있었던 걸까. 나는 편의점 창밖으로 사라져가는 그 아이를 보다가 고개를 저었다. 쓸데없는 생각이었다.

혹시나 편의점에 왔던 아이 때문에 귀찮은 일이 벌어질 수도 있었기 때문에 다음 날 나는 반으로 들어가자마자 교실 안을 훑어봤다. 하지만 아직 오지 않았는지 보이지 않았다.

자리에 앉자 내 짝이 썩 좋지 않은 얼굴로 나를 쳐다봤다. 나는 신경 쓰지 않고 엎드렸다. 엎드리자마자 평소처럼 금방 잠에 빠져들었다.

얼마만큼 잤는지 알 수 없었다. 나는 엎드린 채로 눈을 뜨고 내 몸이 의지와 상관없이 흔들리는 것을 느끼다가 고개를 들었다. 짝이 나를 깨우고 있었다.

"영어 숙제 지금 반장한테 내면 돼."

"반장이 누군데."

"나다."

나는 가방에서 얇은 영어 공책을 꺼내 짝에게 넘겼다. 짝은 말도 안 된다는 얼굴로 나를 쳐다보다가 공책을 받았다.

일어난 김에 물을 서너 잔 마시고 복도를 걸었다. 꽤 많은 애들이 복도에서 떠들고, 뛰어다니고 있었다. 수많은 소리를 들으며 모퉁이 쪽으로 도는데 갑자기 뭔가가 튀어나와 부딪쳤다. 그다지 강한 충격이 아니라서 나는 그저 앞을 보았다. 바닥에 공책이 흩뿌려져 있었고, 한 여자 애가 넘어져 있었다.

가까이 있던 반장이 다가와 넘어진 애를 일으켜 세웠다. 넘어진 애는 내게 사과하면서 공책을 주웠다. 나는 가던 길을 가려고 걸음을 뗐다.

"뭐 해? 같이 안 주워줘? 괜찮은지 물어보지도 않고?"

반장이 나를 향해 말했다.

"내가 잘못한 거야?"

"잘못을 떠나서 너랑 부딪쳐서 넘어졌잖아. 같이 주워주지는 않아도 괜찮은지는 물어봐야 하는 거 아니야?"

"내가 상관할 바 아니잖아."

"뭐? 꼭 그런 식으로 말해야겠어?"

"그럼 어떤 식으로 말해야 되는데?"

"왜 매번 이렇게 적대적이야? 내가 너한테 뭘 잘못했는데?"

"네가 잘못했다고 한 적 없어. 특별하게 싫어하지도 않아. 그냥 너한테 관심이 없는 거야."

반장이 어이없다는 얼굴로 나를 쳐다보았다. 나는 한 번 더 말했다.

"내 선택 사항인 거야. 누구힌데 관심이 있든 없든. 당연한 게 아니라고."

"나도 너 같은 애한테 관심 없어."

반장의 말에 나는 고개를 끄덕이고 교실로 걸어갔다.

4교시 체육 시간이었다. 운동장 한 바퀴를 뛰고 줄을 서자 체육 선생이 모습을 드러냈다. 선생은 전 시간에 말한 대로 짝축구를 한다고 했다. 모두가 자기 짝을 찾아 줄을 맞추기 시작했다. 나도 내 수행평가 짝을 찾으려는데 어느새 그 애가 내 옆에 와 있었다.

최대한 균형을 맞춰 세 팀이 만들어졌다. 한 팀은 이미 이겼다며 환호를 했고, 내가 속한 팀은 벌써 좌절하고 있었다. 나는 B팀이었는데 먼저 A팀과 B팀이 경기를 했다.

축구공을 중앙에 두고 팀 주장은 아이들에게 각자 서 있을 포지션을 설명했다. 월드컵 경기를 연상케 할 만큼 심각해 보였다. 나는 이기든 지든 상관이 없었다.

경기가 시작되자 내 수행평가 짝이 말했다.

"질 거야."

딱히 이길 거라고 생각하지는 않았지만 그렇게 생각하는

이유가 궁금해졌다.

"왜?"

"그냥. 내가 있는 팀이잖아."

"뭔 소리야."

"내가 있으면 저. 항상 그래."

굳이 그렇게 생각하고 싶다면 어쩔 수 없었기 때문에 나는 그저 고개를 끄덕였다.

예언이었는지 예상이었는지 운이었는지 감이었는지 모르겠지만 우리는 완전히 패했다. 아마도 이 일로 이 아이의 생각이 조금 더 견고하게 굳었을 것이다.

체육 시간이 끝나자마자 다들 교실로 올라가는 대신 급식실로 뛰어갔다. 나도 올라갔다 내려오는 것이 귀찮아 바로 급식실로 가 줄을 섰다. 수행평가 짝은 어쩐 일인지 나를 계속 따라왔다. 나는 신경 쓰지 않고 안으로 들어갔다. 오늘은 콩나물국, 포크커틀릿, 시금치무침, 과일샐러드, 김치가 나왔다.

급식실 안은 반 애들 외에 사람이 없어 한산했다. 나는 입구 바로 앞에 앉았다. 같은 반 남자 애들이 내 주변에 식판을 내려놓았다. 그들이 내 주변에 앉자 나를 따라오던 애는 길을 잃은 것처럼 우왕좌왕하다가 구석진 곳으로 들어가 혼자 밥을 먹었다. 나는 2초간 그 애를 보다가 다시 급식을 먹었다.

반 남자 애들은 방금 했던 축구에 대해 침을 튀겨가며 얘기했다. 나는 잠깐 동안 이곳에 앉은 걸 후회하다가 최대한 빨리 식판을 비우고 자리에서 일어났다. 같은 테이블에 있던 남자 애들이 나를 좋지 않은 눈으로 쳐다보았다.

나는 급식실에서 나와 양치를 하고, 곧바로 자리에 엎드려 7교시까지 깨지 않고 잠을 잤다.

과거

　중학교에 들어오고 몇 개월이 지났을 때였다. 분명 반 애들이 어느 정도 친해졌음에도 담임은 이번 시간에 조별로 조원들이 서로에 대해 질문을 한 뒤 담임이 지정한 조원 두 명이 나와 서로 소개하는 시간을 갖는다고 했다.

　담임의 말에 따라 책상을 조 대형으로 옮겼다. 나는 같은 조에 있는 애들을 한번 훑어봤다. 남자 세 명과 여자 두 명이었는데, 훑어본다고 달라질 건 없었다. 이름을 아는 애가 한 사람도 없었다. 내 이름을 아는 애도 아마 없을 터였다.

　조 대형으로 자리를 바꾸자 몇 명은 약간의 불만을 표출했지만 대부분은 같은 조가 된 애들의 얼굴을 보며 서로 웃어댔다.

"한 명씩 5분 정도 질문하고 남은 시간 동안 정리해서 발표
할까?"

얼마 전 전학을 온 여자 애였다. 전학을 왔는데도 이상할
정도로 적응 속도가 빨라서 이젠 나보다 학교와 학교 애들에
대해 더 잘 알고 있는 것처럼 보였다. 조 애들은 모두 그 말에
따랐고, 옆에 있던 아이가 말을 받았다.

"그럼 너 먼저 해."

"그래."

나는 잠깐 동안 질문거리를 생각해보았다. 하지만 떠오르
는 것이 없었다. 결국 나는 이 아이에게 궁금한 게 아무것도
없었다. 다행인 것은 내가 질문을 하지 않아도 이 아이에게
질문을 하고 싶어 하는 애들은 많다는 거였다. 한 남자 애가
하라니까 한다는 얼굴로 먼저 질문을 던졌다.

"취미가 뭐야?"

"책 읽는 거 좋아해."

그 대답에는 더 궁금한 게 없는지 바로 다른 질문으로 넘어
갔다. 처음엔 마지못한 것처럼 질문하던 남자 애들이 이젠 경
쟁적으로 질문을 하기 시작했다. 질문의 종류는 성격, 꿈, 특
기, 좋아하는 과목, 혈액형 등이었다. 전학 온 아이는 그 모든

질문에 똑바로 대답했지만, 이전 학교에 대한 질문이 나오자 얼버무리며 넘어갔다.

나에게는 굉장히 따분한 시간이었다. 빨리 5분이 지나고 또다시 5분이 지나 이 시간이 완전히 끝나길 기다렸다.

그 아이 차례가 끝나자 쏟아지던 질문들이 눈에 띄게 줄었고 그나마 나온 질문들도 전과 비슷했다.

꿈이 뭐냐는 질문에 한 남자 애는 그렇게 대답하면 멋있어 보이기라도 한다는 듯이 "아직 없어"라고 말했다. 나는 반복되는 레퍼토리가 지겨워 듣는 둥 마는 둥 하고 있었다.

그리고 내 차례가 됐다. 누구 하나 질문을 꺼내지 않아 잠깐 동안 정적이 왔다. 남자 애들은 날 공격적으로 쳐다보거나 옆 사람과 떠들었다. 잠시 후 꿈이 없다고 자신 있게 말하던 남자 애가 말했다.

"괜히 아무것도 안 물어보면 혼나니까 몇 개라도 적어놓자. 취미가 뭐야?"

"없어."

네가 그렇지, 라는 눈으로 그 남자 애가 나를 쳐다봤다. 더는 질문이 나오지 않아 내 순서가 끝났다고 생각하고 엎드리려는데 전학 온 여자 애가 물었다.

"너도 책 읽는 거 좋아하지?"

나는 고개를 끄덕였다.

"뭐 좋아해? 저번에 보니까 소설책 읽고 있던데."

"아무거나."

"근데 왜 넌 아무한테도 질문 안 해? 우리한테 궁금한 거 없어?"

모두가 조용하게 나를 쳐다봤다. 나는 그 아이의 얼굴을 보다가 말했다.

"없어. 아무것도."

"저러니까 친구가 없지."

한 남자 애가 다 들리도록 중얼거렸다. 나는 아무 대답도 하지 않았다.

내 나름의 방식이었다. 더 이상 귀찮아지고 싶지 않았고, 귀찮아지지 않으려면 울타리를 쳐야 했다. 내가 칠 수 있는 울타리란 이런 것이었다. 말할 필요가 없을 때는 아무 말도 하지 않고, 말해야만 하는 상황이라면 그 대화가 가장 빠르게 끝날 말을 선택하는 것이다.

시간이 되자 담임이 시계를 한 번 보고 말했다.

"시간 충분하니까 거의 다 시킬 거야. 준비 다 했지?"

반 애들은 자신 있다는 듯이 크게 대답했다.

담임은 1조부터 두 명을 지정해서 소개를 시켰다. 남자 아이와 여자 아이였는데 둘은 민망하단 얼굴로 서로를 보다가 소개를 시작했다. 이곳에서 나왔던 질문과 비슷했다.

1조가 끝나고 조금씩 내가 속해 있는 조 차례가 가까워졌다. 이상하게도 나는 절대로 걸리지 않을 거라는 확신이 있었다. 하지만 그 확신은 정말로 하찮았다.

담임은 내가 있는 조를 쳐다보다가 전학 온 여자 애와 나를 지목했다. 나는 고개를 숙이고 한숨을 내뱉었다. 내가 자리에서 일어나자 반 애들이 그 여자 애를 안타까운 눈으로 보기 시작했다.

"윤환이 먼저 시작해."

담임의 말에 나는 아무 대답도 하지 않았다. 아는 것이 아무것도 없었다.

"윤환아, 발표하라고."

나는 책상을 뚫어져라 보다가 숨을 길게 내뱉고 말했다.

"아는 게 없어요."

"뭐?"

내가 아무 대꾸도 하지 않자 담임이 말했다.

"이름이라도 소개해."

"몰라요."

담임은 어떻게든 화를 참아보겠다는 얼굴로 심호흡을 길

게 하고는 여자 아이에게 말했다.

"윤환이 소개해봐 그럼."

내가 말한 게 없었기 때문에 그 애도 대답을 하지 못했다.

"지금까지 뭐 한 거야? 이 시간 끝나고 둘이 따라와!"

"선생님, 반윤환이 말을 안 한 거예요!"

같은 조 남자 애가 소리쳤다.

"그럼 그 옆 친구가 해봐."

담임은 하던 걸 마저 진행했다. 나는 가만히 선 상태로 그 남자 애가 자신 있게 말하는 것을 들었다. 발표가 끝나자 담임이 말했다.

"반윤환, 옆 친구는 저렇게 많이 적었는데 넌 대체 뭐 했어?"

나는 아무 대답도 하지 않고 책상만 봤다. 하지만 담임이 나를 노려보고 있다는 것은 알 수 있었다. 그 깊은 정적 속에서 나와 같이 서 있던 아이가 말했다.

"선생님, 죄송해요. 둘이 다시 해 올게요."

나는 고개를 돌려 그 아이의 얼굴을 봤다. 아무 잘못도 안 했는데 왜 사과를 하는 걸까? 담임은 나도 그와 비슷한 말을 하길 기다렸지만 나는 아무 말도 하지 않았다.

자리에 앉자마자 같은 조 애들이 나를 욕했다.

"저럴 줄 알았다. 매일 피해만 주고 다니고. 그러니까 친구가 없지."

"그냥 말을 말자. 저런 새끼한테 좋게 말해봤자 우리만 손해야."

나는 내게 벌어진 상황이 끝났다고 생각하고 자리에 엎드렸다. 이제 학교가 끝날 때까지 엎드려 있으면 끝이었다. 아니, 끝이라고 생각했다.

수업이 끝나고 그 여자 아이와 같이 담임에게 갔다. 담임은 거의 내 얼굴만 노려보며 혼을 냈다.

"너 때문에 친구도 피해 보는 거야. 알겠어? 이번 주 금요일까지, 서로한테 궁금한 게 아무것도 없을 만큼 준비해서 다시 찾아와."

"네."

그 아이가 대답했다.

"만약에 이번에도 똑바로 안 해 오면 부모님한테 전화할 거야. 그러니까 똑바로 해."

나는 다시 교실로 돌아와 자리에 엎드렸다.

잠시 후 그 아이가 내 옆으로 다가와 악의 없는 미소를 지으며 말했다.

"이번엔 제대로 하는 거다?"

나는 잠깐 가만히 있다가 고개를 끄덕였다.

"약속한 거야?"

나는 다시 한 번 고개를 끄덕이고 자리에 엎드렸다.

이번 주 금요일까지는 아직 나흘이 있었고, 나흘 동안 그 아이에 대해 알아 가야 했다. 이때까지만 해도 나는 그 숙제가 귀찮게만 느껴졌다. 그 숙제로 내 삶이 달라질 것이라고는 생각하지 못했다.

2장
이름

뚜렷하게 어떤 계절이라고 말하기 힘든, 봄과 여름 사이를 이리저리 방황하는 그런 계절이었다. 나는 고등학교 2학년이었고 계절과 비슷하게 평범하지도 특별하지도 않은, 이도 저도 아닌 삶을 살아가고 있었다.

새벽 5시에 아버지와 한 공장에서 상하차 일을 했다. 창고에 꽉 차 있는 상자를 화물 트럭에 싣는 일이었다. 한 트럭당 상자는 600개에서 700개 정도 들어갔고, 세 대 정도 채워 넣으면 일이 끝났다.

이 공장이 무슨 일을 하는 곳이며, 이 상자가 트럭에 실려 어디로 운반되는지는 알지 못했고 관심도 없었다. 그저 나는 상자만 옮기면 된다는 생각으로 일을 했다. 육체적으로 많이 힘들었고 땀도 쉴 새 없이 흘렸지만 꾀를 부리거나 농땡이를 피우지는 않았다. 7시까지 어떻게 해서든 일을 끝내야 했기 때문이다.

처음 이 일을 시작했을 때는 알이 배기고 몸 곳곳에 멍이 들었지만 지금은 그러지 않았다. 익숙해진 것이다. 일이 쉽지는 않았지만 시간대도 괜찮았고 받는 돈도 상당했기 때문에 그만둘 생각은 없었다.

이 일을 시작한 건 중학교 3학년 때부터였다. 아버지의 권유, 아니 정확히 말하면 강요가 맞을 것이다. 아버지가 무서워서라거나 복종해야 한다는 의무로 한 건 아니었다. 그저 이 사람에게 폐를 덜 끼치고 싶었다. 이렇게 말하면 오해할 소지가 있기에 확실하게 말하겠다. 좋아해서가 아니라, 좋아하지 않기 때문이다.

나는 목장갑을 끼고 상자 특유의 냄새를 맡으며 기계적으로 움직였다. 창고 안에 있는 상자를 모두 트럭에 싣자 그날 일이 끝났다. 트럭 위에서 상자를 정리하던 아저씨도 밑으로 내려왔다. 나는 휴게실로 쓰는 컨테이너박스에 들어가 물을 급하게 마시고 나왔다.

아버지는 작업복으로 입는 얇은 회색 점퍼를 벗고 밖에서 아저씨들과 담배를 피우고 있었다. 나는 내 상태를 점검했다. 추리닝 바지와 티셔츠에 상자에서 떨어진 찌꺼기와 검은 먼지들이 땀과 엉겨 덕지덕지 묻어 있었다.

나는 말없이 아저씨들에게 인사를 하고 아버지의 낡은 흰색 봉고에 올라탔다. 흰색이라고는 했지만 검은 먼지가 두껍게 앉아 흰색으로 보이진 않았다. 아버지는 쾌쾌한 담배 냄새를 풍기며 차 안으로 들어와 시동을 걸고 출발했다.

나는 창문을 열고 바람을 쐬면서 밖을 내다봤다. 지나다니는 차와 버스 정류장에 서 있는 사람들이 많아졌다. 똑같은 하루가 시작되고 있었다.

집에 도착하자마자 차가운 물로 샤워를 하고 교복을 입었다. 딱히 하고 싶은 게 없는 사람은 나갈 필요가 없는 곳이 학교였지만 나는 나갔다. 어쩌면 하고 싶은 게 없는 사람들이 나가는 곳인지도 모르겠다. 만약 내게 하고 싶은 것이 생긴다면 학교 따위는 절대로 나가지 않을 것이기 때문이다. 아무리 생각해도 학교에서 가르치는 것을 어디에 써먹어야 하는지 알 수 없었다. 그래서 학교에 가도 수업을 듣기보다 책을 읽거나 잠을 잤다. 가방 안에 들어 있는 것이라곤 읽을 책과 운동화뿐이었다.

교실 문을 열자 반 애들의 시끄러운 소리가 쏟아졌다. 그 소음을 일으키는 애들 중 몇 명이 나에게 인사를 건넸다. 그리 많지는 않았기 때문에 나는 고개를 살짝 끄덕였다.

반에서 가끔 인사를 하는 애들이 몇 명 있기는 했지만 친구는 아니었다. 나에게는 친구가 없었다. 인사를 하는 것만으로도 친구라고 말할 수 있다면 몇 명 있다고 할 수 있겠지만 내 기준으로 그건 친구가 아니었다.

내 자리는 1분단 세 번째 창가 쪽이었다. 잠도 오지 않고 책도 읽고 싶지 않으면 창밖을 봤다. 유일하게 학교에 있으면서 괜찮다고 생각하는 것이었다.

신기하게도 학교라는 공간에는 내가 싫어하는 것들이 집중적으로 모여 있었다. 먼지 가득한 공기, 딱딱한 의자와 낮은 책상, 무의미한 욕설과 소음, 뒤범벅된 담배 찌든 내와 향수 냄새, 누군가를 괴롭히면서 우쭐해하는 얼굴 등 이 공간에 있는 것들에 대해 나의 모든 감각은 거부감을 표했다. 하지만 밖으로 드러내지는 않았다. 내가 싫어하는 것들도 나와 마찬가지로 날 싫어하고 있다는 것을 알기 때문이다. 공평한 것이다.

그래도 막을 수 있는 것이 몇 개는 있었다. 숨은 쉬어야 했기 때문에 냄새는 없앨 수 없었지만, 보이는 것과 들리는 것은 막으려 하면 얼마든지 가능했다. 나는 이어폰을 꽂고 엎드렸다.

새벽일에는 큰 장점이 있었는데, 일찍부터 힘을 소모하다 보니 눈을 감고 엎드리는 순간 순식간에 잠에 빠져든다는 것이었다. 그러면 1교시부터 4교시까지 쭉 잘 수 있었다. 혹은 자려고 노력했다.

점심시간, 나는 혼자 급식실로 내려갔다. 사람이 많았기 때문에 구석진 자리를 찾아 앉았다. 오늘은 오므라이스, 맑은장국, 비빔야채만두, 과일샐러드, 배추김치, 쿠키였다. 싫어하지도 좋아하지도 않는 메뉴였다. 싫어하는 음식과 좋아하는 음식을 구분하는 것은 나에게 사치였다. 먹을 것을 준다면 무엇이든 먹으면 됐다.

나는 밥 한 톨, 국물 한 방울 남기지 않고 식판을 싹 비웠다. 식판을 치우고 교실로 올라가 양치를 하고, 가지고 온 소설책을 읽었다. 헤밍웨이의 《노인과 바다》였다. 꼼꼼히 한 문장씩 읽어나갔다.

수행평가 짝이던 아이는 오늘도 편의점에 찾아왔다. 또 혼자였는데 나를 힐끗 쳐다보더니 물품이 진열되어 있는 곳으로 갔다. 이번에는 닭고기가 들어간 핫도그와 팩으로 된

오렌지 주스를 가져왔다. 계산을 하고 지난번 앉았던 자리에 앉아 핫도그와 주스를 먹었다.

나는 창밖으로 고개를 돌렸다. 조금 어둑해지니 불빛에 모여드는 불나방처럼 바깥 테이블에 중학생으로 보이는 남자 애들이 모여 앉아 침을 뱉으며 떠들었다. 확실히 편의점에 도움이 되지 않을 행동이었지만 쫓아낼 생각은 없었다.

수행평가 짝이던 아이는 이번엔 내게 말을 걸지 않았지만 그전과 같은 시간까지 앉아 있다가 갔다.

그 아이는 화요일, 수요일에도 비슷한 시간에 찾아와 비슷한 시간에 갔다. 창밖을 보거나 숙제를 하기도 했다. 왜 군이 편의점에 와서 그런 것들을 하는지는 알 수 없었다.

그러던 그 아이가 내게 말을 걸어온 건 목요일이었다.

"저기."

나는 책을 읽다가 내려놓고 고개를 들었다.

"저기, 나랑 친구 할래?"

"아니."

나는 오래 끌지 않고 말했다.

친구라는 것을 사귀어본 적이 없는 나였지만, 이런 식으로 친구가 될 수 없다는 것쯤은 알고 있었다. 한 사람이 한 사람에게 "친구 할래?"라고 묻는 건 어떻게 보든 어색할 수밖에 없었다. 친구라는 것은 그런 질문에 "그래" 혹은 "아니"라는 대답으로 이루어질 수 있는 관계가 아니었다. 내가 할 말은 정해져 있었다.

그 아이는 공허한 눈으로 나를 보다가 깔끔하게 고개를 끄덕이고 밖으로 나갔다. 거절이라는 것에 익숙해 보였다. 어쩌면 이렇게 되리라고 확신하고 있었을 수도 있었다. 나는 아주 조금 고개를 돌려 어딘가로 향하는 그 아이를 바라보다가 다시 책을 읽었다.

야간 교대자가 제시간에 딱 맞춰 왔다. 나는 편의점을 나와 피곤에 짓눌린 상태로 천천히 걷다가 하늘을 올려다봤다. 깜깜했다. 어두운 하늘에는 달이 선명하게 떠 있었다.

꽤 많은 일을 한다고 생각했지만 막상 정리해보면 그리 많지도 않았다. 상하차 일, 학교, 편의점 아르바이트뿐이었다. 그런데도 지금 몸은 피곤을 넘어서 완전히 녹초였다. 눈은 무거운 추를 매달아놓은 것처럼 뜨고 있는 것도 힘들었고, 머리는 생각하는 것도 귀찮다는 듯 뿌옇게 되어 있었다.

한숨을 내뱉고 한 걸음씩 걸었다. 터벅터벅 내 발소리가 귓가에 울렸다. 그 소리를 듣고 있으니 의문이 들었다. 언제까지 이런 식으로 살아야 할까?

알 수 없었다. 언제까지 이런 식으로 살아야 하는지. 하지만 한 가지는 확실했다. 오늘이 지나도, 내일이 지나도 달라질 건 아무것도 없다는 것이다. 나는 상자를 나르고 있을 것이고, 학교에 나가야 할 것이고, 편의점에서 아르바이트를 하고 있을 것이었다. 그리고 지금 내가 하고 있는 생각을 비슷한 시간에, 비슷한 곳에서 하고 있을 것이었다.

주말이 돼도 내 생활은 크게 달라지지 않았다. 새벽 상하차 일이 끝나면 편의점 일을 하러 가기 전까지 하고 싶은 것들을 했는데 대부분 잠을 많이 잤다. 오늘은 세 시간 정도 잠을 자고, 읽고 있던 헤밍웨이의 소설을 다 읽었다. 자연에게 인간은 이길 수 없다, 이런 걸 느끼진 않았다. 이 책에서 내가 느낄 수 있는 건 하나였다. 내 것이 아니라면 빼앗기거나 소멸해버린다는 것. 결국 잃어버리고 만다는 것이다.

체육 시간, 아직 끝나지 않은 수행평가를 마저 했다. 나는 다 읽은 책을 사물함에 넣어두고 밖으로 나왔다.

오늘은 B팀과 C팀이 경기를 해야 했다. 이미 1등은 A팀으로 정해졌다. 나는 2등을 하건 3등을 하건 상관이 없었기 때문에 지난번과 똑같이 되는대로 했다. 가끔 축구공이 오면 멀리 차버렸다. 그런데 내 수행평가 짝이 의욕이 불타올랐는지 골대로 오는 축구공을 잡으려고 뛰다가 넘어져버렸다. 나도 같이 넘어질 뻔했지만 가까스로 균형을 잡았다.

구경하던 사람들과 축구를 하던 애들이 웃음을 터뜨리고 있을 때 상대 팀인 반장이 이쪽으로 뛰어와 넘어진 애에게 손을 내밀며 말했다.

"괜찮은 거야?"

"응, 괜찮아."

괜찮아 보이지 않았다. 반장도 그렇게 느꼈는지 나를 보고 말했다.

"보건실에 좀 데려다줘."

"내가 왜."

"짝이잖아."

"근데."

"친한 거 아니야?"

"안 친해."

"그래도 수행평가 짝이니까 데려다주고 와."

"걱정되면 네가 가든가."

"진짜 이기적이다. 가주면 뭐 큰일이라도 나?"

"어, 이기적이야. 너는 왜 남이 이타적으로 살길 바라는데. 그건 이기적인 거 아니야?"

"뭐?"

"다시 말해줘? 왜 내가 하기 싫은 일을 너 때문에 해야 하냐고."

반장은 지겹다는 얼굴로 나를 보다가 체육 선생에게 상황을 말하고 넘어진 아이와 보건실로 갔다.

주위 애들이 날 벌레 보듯 쳐다봤다. 난 수돗가로 가서 손을 씻고 남은 시간을 스탠드에 앉아 있었다.

체육 시간이 끝날 때쯤 보건실로 갔던 두 사람이 돌아왔다. 넘어진 아이는 한쪽 다리를 아직 절고 있었다.

점심을 먹고 교실로 들어가자 수행평가 짝이 혼자 자리에 앉아 있는 게 보였다. 잠깐 눈이 마주쳤지만 나는 곧바로 내 자리로 갔다.

그 아이가 한 발을 절룩거리며 내 자리로 다가왔다.

"귀찮게 해서 미안해."

나는 아무 대꾸도 하지 않았다.

"하는 것마다 이래. 망쳐버리든가, 일어날 수 있는 최악의 일만 터져. 어디 갈 때는 항상 길을 잃어서 헤매고, 가는 곳마다 늘 뭐가 고장 나 있어. 누구랑 친해지면 그 애는 안 좋은 일만 잔뜩 생기고."

"그래서 뭐."

"미안해."

"할 말 다한 거야?"

"응."

나는 아무 대꾸도 하지 않고 엎드렸다.

내게 정나미가 떨어져 오늘은 오지 않을 거라고 생각했는데 그 아이는 한 발을 절룩거리며 편의점으로 들어왔다. 나는 기계적으로 인사했다.

"수행평가 같이 해줘서 고마워."

나는 의아한 얼굴로 그 아이를 보다가 아무 대답도 하지 않았다. 대답을 하면 대화로 이어질 것 같았기 때문이다.

그 아이는 치즈 샌드위치와 커피를 가지고 카운터로 왔다. 매일 이런 것들을 먹고 있었다.

바코드를 찍고 가격을 말하는데 그 아이가 물었다.

"내 이름 알아?"

나는 고개를 저었다. 알고 싶지 않았다. 손님이 아니었다면 말하지 말라고 했겠지만, 나는 지금 아르바이트생이었고 이 아이는 손님이었다.

"지나루. 내 이름이야."

나는 한숨을 길게 내뱉었다. 이름을 알게 되는 순간 어떤 식으로든 관계라는 것이 생기기 때문이다. 항상 느끼는 거지만 듣고 싶지 않은 것을 들으면 머릿속에 선명하게 남았다.

"넌 반윤환 맞지?"

나는 고개를 끄덕였다.

지나루는 뭔가 더 할 말이 있는 얼굴로 나를 봤지만 나는 무시하기 위해 고개를 내렸다. 그러자 포기하고 늘 앉던 자리로 가서 샌드위치와 커피를 먹었다.

길게 말을 주고받은 것이 아니었는데도 피곤했다. 나는 읽고 있던 책을 덮고 창밖을 바라봤다.

지나루는 항상 가던 시간이 됐는데도 움직이지 않았다. 여기에 몇 시까지 있든 뭐라고 할 수는 없었지만 이상했다.

나는 최대한 신경 쓰지 않고 내 할 일을 했다. 가끔씩 밖으로 나가 사람들이 어지럽힌 테이블을 정리했고, 진열장을 훑어보면서 흐트러진 물건을 똑바로 세워놓았다. 지나루는 내가 퇴근할 때까지 가지 않았다.

일이 끝나 밖으로 나오니 지나루가 나를 따라 나왔다. 내가 그냥 지나치려고 하자 내 앞을 가로막고 우물쭈물 서 있다가 입을 열었다.

"주말에는 못 와서……"

생각해보니 지난번 주말에도 편의점에 오지 않았다. 무슨 말이 하고 싶은 건지 알 수 없었지만 나는 지금 몹시 피곤했다. 바로 집에 가도 몇 시간 못 자고 일어나 다시 일을 하러 가야 했기 때문이다.

나는 한숨으로 대답을 대신하고 집으로 걸어갔다. 내 한숨이 제대로 의미를 전달했는지 지나루는 더 이상 따라오지 않았다.

토요일, 나는 큰 서점에 들르려고 낮잠을 자지 않고 일찍 밖으로 나와 버스 정류장으로 걸어갔다. 대개 사람이 거의 없는 정류장이었고 오늘도 사람은 한 명도 없었다. 버스가 아직 멀었다는 것을 확인하고 의자에 앉았다.

아무것도 할 것이 없었기 때문에 지나가는 차를 보거나 하늘을 봤다. 시간이 균일하게 흘렀고, 그 균일한 시간의 흐름을 따라 버스는 가까워지고 있었다.

그러다 어느 순간, 문득 내 등이 따뜻해졌다. 추측이지만 사람의 등 같았다. 나는 보지 않아도 누군지 알 수 있었다.

이하은. 아마도 그 아이였다.

3장

공정한 대우

얼굴을 보지 않아도 알 수 있었다. 이하은이었다.

나는 숨을 조용히 내뱉었다. 이하은이 어떻게 여기에 있는 걸까? 그때 그 소문은 모두 거짓이었던 걸까? 그럴 리 없었다. 몇 가지 생각이 뒤엉켜 머리를 복잡하게 만들었다.

나는 고개를 들어 텅 빈 하늘을 바라봤다. 그 아이도 하늘을 보고 있는지 머리가 맞대어졌다. 우리는 한동안 말없이 하늘을 보았다.

하늘은 땅에서 무슨 일이 벌어지든 상관없이 너무 평화로웠다. 간혹 푸른 종이에 실수로 튀어버린 검은 잉크 한 방울처럼 비행기가 지나갔다.

안녕, 또는 잘 지냈어? 그런 안부 인사는 없었다.

"어디 가?"

그 아이의 목소리였다. 오랜만에 듣는 그 목소리에 이상하게도 마음이 아팠다.

"서점."

"그러면 금방 가야겠네."

"안 가도 돼."

이하은을 볼 수 없었던 시간 동안 난 목소리만이라도 들을 수 있다면 더는 아무것도 바라지 않겠다고 생각했다. 그거면 충분했다. 그런데 목소리를 들으니 미치도록 얼굴이 보고 싶었다. 하지만 뒤를 돌아보는 순간 사라질 것만 같았다.

"보고 싶었어."

이하은이 말했다.

"나도."

"너랑 있으면 편해. 항상 기대고 싶어."

"그러고 싶다면 그래도 돼. 네가 부르면 그곳으로 갈 테니까."

"그러고 싶진 않아. 그러면 모든 게 정해지잖아. 핸드폰 번호를 알게 되고, 문자를 주고받게 되고, 약속을 잡아 만나게 되고, 결국엔 사귀게 되겠지? 사귀게 되면 규칙적으로 만나야 하고, 그러다 보면 아무렇지도 않게 손을 잡게 될 거야. 만나기 싫어지는 날도 약속을 잡았다면 나가야 하고."

"의무가 되겠지."

"너랑은 의무적인 관계가 되고 싶지 않아."

의무적인 관계. 그런 관계가 되고 싶지 않다는 건 어떤 관계를 말하는 걸까?

"너무 무책임해 보여?"

"아니. 책임질 일을 만들지 않는 거랑 책임을 못 지는 건 다르니까. 한번 책임지면 끝까지 책임질 거니까, 신중해지는 것뿐이잖아."

왜 이런 말을 했는지 나는 알고 있었다. 어떤 식으로든 사람과 관계를 맺는 순간 책임이 따르기 마련이었다. 그리고 난 책임을 질 수 없었기 때문에 사람을 사귀지 않았다. 이하은도 그 사실을 알고 있었다.

그 아이가 짓는 특유의 미소가 있었는데, 그 미소가 떠올랐다. 아마도 지금 그 표정을 짓고 있을 것이다.

차들은 여지없이 달리고 있었고, 새들은 어디선가 와서 어딘가로 날아갔다. 그리고 그와 동시에 이 세계를 덮고 있는 시간이 한 걸음씩 앞으로 걸어가고 있었다.

"노래 들을래?"

그 아이의 말에 나는 천천히 고개를 끄덕였다. 노래를 틀고, 이어폰 한쪽을 그 아이에게 줬다. 그리고 나머지 한쪽을 내 귀에 꽂자 귓속으로 노래가 흘러들었다.

나는 눈을 감았다. 세계가 어두워졌고, 노랫소리가 들려왔고, 그 아이가 내게 등을 기대고 있었다.

이 세계에 이하은과 나, 둘만 남아 있는 느낌이었다.

나는 이하은을 이해할 수 있었고, 이하은도 나를 이해할 수 있었다. 하지만 우리는 다른 종류의 길을 걸었다. 세계의 끝과 끝이었다. 그 아이는 극복하려고 노력했지만 나는 극복할 필요를 느끼지 못했다.

어느 순간 현실의 소리가 들려왔다. 한쪽 귀에서는 노랫소리가 계속 들려왔고, 다른 귀에서는 이 세계의 움직임 소리가 들렸다.

나는 다시 눈을 감았다. 세계는 어두워졌고 노랫소리는 계속 들렸지만, 이하은은 없었다. 그 어둠 속에서 난 혼자 있었다. 다시 혼자가 됐다고 생각하자 가슴이 먹먹했다. 이젠 내 등에 있던 따뜻함도 사라졌다.

나는 천천히, 아주 천천히 고개를 돌렸다.

혹시나, 만약에, 어떤 표현이라도 좋았다. 그것에 기대고 싶었다. 하지만 그 아이는 없었다. 가버린 것이다.

그 아이가 앉았던 자리를 보았다. 네모난 작은 종이가 접혀 있었다. 나는 그것을 펼쳤다.

다음에 보자, 우연히.

이하은의 쪽지였다. 이 쪽지는 나에게 큰 의미가 있었다. 방금 벌어진 일이 환상이나 꿈이 아니라고 알려주고 있었기 때문이다. 나는 다시 한 번 그 쪽지를 읽었다.

다음에 보자, 우연히.

우연이라는 것에는 책임이 따르지 않는다.

한숨이 흘러나왔다. 나는 그 쪽지를 조심스럽게 지갑에 넣었다.

시계를 보니 벌써 일할 시간이 가까워져 있었다. 이 정도로 시간이 많이 지났을 것이라고는 생각하지 못했다. 그 아이와 있으면 시간이 내가 알지 못하는 다른 방식으로 흐르는 것 같았다. 나는 한동안 허공을 응시하다가 버스를 타고 편의점으로 갔다.

편의점에 도착하고 일을 시작했지만 아직까지도 마음이 불안정하게 흔들렸다. 이하은이 머릿속에서 사라지질 않았다. 나는 숨을 길게 내뱉고 지갑에 있는 쪽지를 꺼내 다시 읽었다. 다음에 보자, 우연히.

분명 그 아이가 준 쪽지였다. 하지만 벌써 그 만남이 꿈처럼 느껴졌다.

일요일, 나는 이하은의 생각으로 지나루가 어제도 오늘도 편의점에 오지 않은 걸 모르고 있었다. 주말에는 못 온다고 했던 게 떠올랐다. 변화라고 하기는 뭣하지만 늘 앞에서 걸리던 애가 없으니 편했다. 아무리 신경을 안 쓴다고 해도 손님은 손님이었기 때문이다.

거의 10분에서 15분 간격으로 손님들이 들락거렸다. 딱히 바쁘지도 여유롭지도 않았다.

책을 읽고 있는데 손님이 들어왔다.

"어서 오세요."

손님은 곧바로 카운터로 와서 담배 한 갑을 달라고 했다. 그제야 나는 손님의 얼굴을 확인했다.

같은 반 남자 애였다. 아마 이름이 윤건이었을 것이다. 아무것도 하지 않아도 항상 들을 수 있는 이름이었다. 하얀 얼굴에 확실히 잘생긴 편이었고, 키도 컸다. 공부도 운동도 잘했고 노는 것도 잘해서 선생이나 반 애들이나 모두 좋아했다.

나는 모든 손님들과 똑같이 그 애를 대했다.

"신분증 보여주세요."

"어? 반윤환 아니야?"

나는 말없이 고개를 끄덕였다.

"아, 잘됐네. 나 저거 한 갑만 줄 수 있어?"

"신분증 보여주세요."

"에이, 친군데 왜 그래?"

친구. 요즘 자주 듣는 단어다. 지금 유행하는 단어일까. 하지만 나는 이 단어의 의미를 이해할 수 없었다. 당연한 얘기였다. 한 번도 그런 걸 가져본 적이 없었기 때문이다. 그래도 확실한 것 하나는 알았다. 이 남자 애와 나는 절대로 그 단어로 불리는 사이가 아니라는 것이다.

"신분증 보여주세요."

그 애는 알 수 없는 미소를 지어 보였다가 고개를 끄덕이고 지갑에서 신분증을 꺼냈다.

얼굴이 하나도 닮지 않았지만 분명 있긴 있었다. 다른 사람의 신분증을 갖고 있을 경우의 수는 무수히 많았다. 뭐가 어떻게 됐든 이것을 확인하고 나서부터는 내게 책임이라는 건 없었다.

나는 그 애가 원하는 담배 한 갑을 주고 돈을 받았다.

"이건 비밀로 해주라. 내일 학교에서 보자."

딱히 비난이 담긴 말투는 아니었다.

그 애가 나가고 나는 덮어두었던 책을 펼쳤다.

수업이 끝나자 몇몇 아이들이 점심을 먼저 먹지 않으면 죽기라도 한다는 듯 급하게 급식실로 뛰어갔다. 나는 줄을 기다렸다가 사람이 없는 구석으로 가서 자리를 잡았다.

급식을 먹고 있는데 내 앞에 식판이 놓였다. 나는 쳐다보지 않고 내 식판에 집중했다.

"아르바이트는 언제부터 한 거야?"

고개를 드니 윤건이 있었다. 나는 다시 식판에 집중을 하고 대답했다.

"기억 안 나."

"혼자 먹는 게 편하구나?"

"네가 여기 앉으면 귀찮아져."

내 말이 끝나자마자 남자 애들 세 명이 이쪽으로 와서 그 애에게 말을 걸며 자리에 앉았다.

"미안하게 됐네."

나는 그 말에 대꾸하지 않았다.

최대한 빨리 식판을 비우고 자리에서 일어났다. 윤건과

같이 앉아 있던 남자 애들이 나를 이상하게 쳐다봤다. 나는 신경 쓰지 않고 교실로 올라갔다.

알고자 했던 건 아니었지만 나는 이미 이 교실에서 두 명의 이름을 알게 되었다. 지나루와 윤건.

그 둘을 보고 있으면 끝과 끝을 보는 느낌이었다. 한 명은 늘 일고여덟 명 정도의 사람들에게 둘러싸여 있었고, 한 명은 늘 혼자였다. 하지만 두 사람에게는 공통점이 있었다. 둘 다 고독하다는 점이다.

한 사람은 분명 여러 사람에게 둘러싸여 있었지만 내가 보기엔 고독했다. 가까이 접근해 오는 수많은 사람들에게 살갑게 대하고는 있어도 그 태도가 진심이라고 생각되지는 않았다. 한 사람은 똑같은 사람들에게 늘 추앙을 받았고, 한 사람은 똑같은 사람들에게 늘 무시 혹은 놀림을 받았다. 강도가 희미하기는 하나 반 애들은 지나루를 별것 아니라는 듯이 무시하고 있었다. 그 둘 중 누가 더 힘든지는 알 길이 없었다.

금요일 편의점 아르바이트를 끝내고 집으로 돌아와 샤워를 했다. 이미 오늘이라는 하루도 끝나 있었다. 나는 또 다른 하루가 시작되고서야 잠이 들 수 있었다.

네 시간 정도 잠을 자면 핸드폰 알람이 울렸다. 제시간에 일어나지 못하면 아버지가 깨우려고 했고, 나는 그게 싫었기 때문에 억지로라도 일어났다.

그 시간에 일어나면 아무것도 먹고 싶지 않았다. 하지만 먹지 않으면 버틸 수 없었기 때문에 무엇이든 먹어야 했다. 나는 모래 같은 아침을 대충 먹고 아버지의 차에 올랐다.

눈을 뜨고 있는 것마저 힘들었지만 눈을 감는 순간 잠이 들어버릴 것 같았기 때문에 감을 수도 없었다. 나는 반쯤 뜬 눈으로 창밖으로 짙게 깔린 어둠을 바라보았다. 그렇게 보고 있으니 어둠이 꼭 내게 말을 거는 것만 같았다. 네 삶도 나와 별반 다를 게 없다고.

나는 부정하지 않았다. 만약 삶에도 색깔이란 게 있다면, 내 삶은 해 뜨기 전 가장 어두운 하늘의 색깔과 비슷할 것이기 때문이다.

일하는 곳에 도착하자 아버지는 아저씨들과 인스턴트커피를 마시며 담배를 피웠다. 나는 컨테이너박스 안에 있는 의자에 앉아 해가 뜨는 걸 보며 화물 트럭이 오길 기다렸다. 곧 커다란 트럭이 창고가 있는 쪽으로 들어왔다. 나는 자리에서 일어나 목장갑을 끼고 밖으로 나갔다.

트럭 두 대를 채우자 온몸에 땀이 흘러내렸다. 같이 일하는 아저씨들도 얼굴이 붉어진 채로 기합 소리를 내며 상자를 날랐다.

일이 끝나면 주말에는 같이 일하는 아저씨들과 밥을 먹으러 갔다. 그저 빨리 집으로 가 잠을 자고 싶을 뿐인 나로서는 내키지 않는 일이었다. 다들 젖은 옷을 입은 채 땀 냄새를 풍기며 해장국집으로 들어갔다. 메뉴는 늘 똑같았다. 해장국과 소주. 식당 아주머니는 분주하게 밑반찬과 물을 날랐다.

아저씨들은 해장국이 나오기도 전에 밑반찬으로 나온 깍두기와 김치를 안주로 술을 마셨다. 나에게도 권했지만 사양했다. 그들은 잔을 부딪치고 술을 목으로 넘겼다.

아저씨들이 소주를 두 잔 정도 마시자, 끓고 있는 해장국이 나왔다. 배가 고팠기 때문에 나는 망설이지 않고 먹었다. 조금씩 말라가던 땀이 다시 이마에 맺혔다. 휴지로 이마의 땀을 닦아내며 그릇을 비웠다.

밥을 다 먹고 아버지는 굉장히 상쾌한 얼굴로 운전을 했다. 나는 표정 없는 얼굴로 창밖을 보며 바람을 쐬었다.

아버지와 나는 가는 내내 한마디도 하지 않았다. 딱히 할 말이 있는 것도 아니었고, 말을 만들어서 하고 싶은 생각은 더더욱 없었다.

집에 오자마자 세탁기에 옷을 다 넣고, 샤워를 했다. 학교에 가지 않는 날이었기 때문에 여유가 있었다. 샤워를 끝내고 바로 잠에 들려고 하는데 노크 소리가 들렸다. 나는 가만히 문을 쳐다봤다. 문이 살짝 열리더니 아버지가 통장 하나를 내 책상 위에 놓고 다시 문을 닫았다. 아마도 돈 계산이 끝난 듯했다. 나는 일어나 통장을 서랍에다 쑤셔 넣었다.

상자를 옮기는 일과 편의점에서 하는 일로 나는 어느 정도 돈을 벌었고, 그 돈으로 생활비와 집에서 나가는 비용의 반을 부담했다. 돈을 모아보겠다고 결심한 적은 없었지만 통장에는 조금씩 돈이 모이고 있었다. 옷 사는 것에 취미가 있는 것도 아니었고 같이 놀 친구가 있는 것도 아니었다. 버스비나 가끔 사는 책 말고는 돈 나갈 데가 없었다. 그저 아버지에게 신세를 지고 싶지 않은 마음에 시작한 일들이었지만 돈이 모이고 있었다.

아버지를 싫어하는 이유는 간단했다. 구제할 수 없을 정도로 무능했기 때문이다. 돈 버는 능력을 말하는 게 아니다. 그런 건 중요하지 않았다. 아버지는 자신과 가장 가까운 사람조차 지키지 못했다는 점에서 더없이 무능했다.

나는 단 하나의 기준으로 아버지를 봤고, 아버지는 그 기준을 지키지 못했다. 내 것이라면 뭐가 어떻게 됐든 지켜야 한다는 원칙이었다. 아버지는 어머니를 지키지 못했다. 흔히 있을 수 있는 집안 문제였지만 나는 아버지의 그런 무능함이 싫었다.

잠에 빠지려고 하니 한 줄기 희미한 햇살과 함께 아침에만 들려오는 새소리가 들려왔다. 그 햇살과 새소리는 상쾌하지도 신선하지도 않았다. 내 삶을 조금 더 불행하게 만들 뿐이었다. 나도 가끔은 평범한 사람들처럼 희미한 햇살에, 혹은 새소리에 잠에서 깨어나고 싶었다. 나는 점점 옅어져가는 새소리를 들으며 잠에 빠져들었다.

눈을 뜨지는 않았지만 잠에서 깼다는 것을 인지했다. 나는 천천히 숨을 내뱉고 눈을 떴다. 천장과 시계의 움직임이 보였다. 집은 더 이상 조용할 수 없을 정도로 조용했다.

오늘은 책을 반납하는 날이었다. 빌려 온 책들을 책상 위에 올려두었는데 한 권이 보이지 않았다. 사놓은 책들에 같이 끼워뒀나 싶어 살펴봤지만 보이지 않았다. 잠깐 의자에 앉아 생각을 해보니 학교 사물함에 두고 왔던 게 떠올랐다. 학교에 들렀다 도서관에 책을 반납하고 아르바이트를 가도 시간은 넉넉했기 때문에 그리 귀찮지는 않았다.

반납할 책 두 권을 들고 밖으로 나왔다. 상쾌한 바람이 몸을 스치자 오늘이 시작됐다는 느낌이 들었다.

학교 운동장은 텅 비어 있었다. 차가 몇 대 주차되어 있었지만 사람은 없었다. 건물 안도 운동장과 마찬가지로 휑했다. 복도를 걸을 때는 내 발소리가 공허하게 울렸다.

교실 자물쇠를 열고 안으로 들어갔다. 커튼이 쳐져 있는데다 불도 꺼져 있어서 어둡고 탁해 보였다. 복도와 달리 교실은 눅눅한 공기로 가득했다.

사물함을 열자 더러운 교과서들 위에 낡은 책 한 권이 놓여 있었다. 아르바이트까지는 여유가 있었기 때문에 나는 책을 들고 내 자리에 앉았다.

학교를 좋아하는 건 아니었다. 정확히는 싫어했다. 하지만 텅 빈 교실은 왠지 편안했다. 이런 공간도 사람이 없으면 그럭저럭 괜찮은 곳이 되었다.

나는 내 자리에 앉아 벽에 등을 기대고 눈을 감았다. 그리고 며칠 전 내게 등을 기댔던 이하은을 떠올렸다. 그 아이의 등은 따뜻했지만 벽은 차가웠다. 나는 숨을 길게 내뱉고 한동안 눈을 감았다. 잠시라도 현실이라는 이 세계와 멀어지고 싶었다.

얼마나 시간이 흘렀을까. 어디선가 부스럭거리는 소리와 삐걱거리는 소리가 드문드문 들려왔다. 사물들도 가끔은 혼자 소리를 내기 때문에 크게 신경 쓰지는 않았다. 눈을 천천

히 떴다. 현실은 그 자리에 그대로 있었다. 그리고 그 현실과 더불어 한 사람이 내 앞에 있었다

눈을 제대로 뜨고 보니 지나루였다. 놀랄 만한 일이었지만 나는 별로 놀라지 않았다.

그 아이는 희미하게 미소를 짓고 있었다.

"건드리면 안 될 것 같아서."

나는 고개를 돌리고 숨을 내뱉었다.

"근데 너 왜 여기 있어?"

"넌?"

"교과서 가지러 왔거든. 엄마가 가지고 오라고 해서. 주말에는 엄마랑 하루 종일 있어야 해."

"왜?"

"늘 그래왔어."

딱히 납득이 되는 대답은 아니었지만 더 대화를 이어가고 싶지 않아 그저 고개를 끄덕였다.

"넌? 알려주기 싫으면 안 알려줘도 돼."

"근데 넌 다른 애들이 말 걸면 피하면서 나한테는 왜 자꾸 이래?"

"늘 친해졌다고 생각하면 내가 친구가 아니라고 말했거든."

"그래서 애들을 피하는 거야?"

"응."

"그럼 난?"

"너한테는 공정한 대우를 받는 것 같아서. 너는 모두를 피하잖아."

나는 잠깐 동안 지나루의 얼굴을 빤히 바라봤다. 동정하는 것도, 이해하는 것도, 공감하는 것도 아니었다. 그저 문득 한 걸음 다가갈까 고민하고 있었다. 하지만 그 한 걸음이 어떤 의미를 담고, 어떤 무게를 갖는지 알고 있었다. 그래서 나는 고민을 끝냈다. 한 걸음 뒤로 물러나는 것으로.

"공정하지 않아. 그냥 너한테 관심이 없는 거야."

"괜찮아, 그런 건 익숙해."

나는 자리에서 일어났다. 사람이 없을 때 괜찮았던 이 공간은 이미 변해버렸다.

나는 텅 빈 복도를 걸으며 공허한 내 발소리를 들었다.

4교시까지 내리 잠을 잤다. 잠에서 깨고 나서야 교실에 아무도 없다는 걸 알았다. 누군가 나를 배려해준 건지 교실 불이 꺼져 있었다. 나는 숨을 크게 내쉬고 천천히 급식실로 내려갔다.

급식실은 사람이 가득 차서 혼자 앉을 만한 자리를 찾을 수 없었다. 나는 조용히 끝에 있는 자리로 갔다. 내 옆에 있는 무리가 나를 흘끗거리며 보다가 다시 자신의 식판에 집중했다. 오늘은 쇠고기미역국, 제육볶음, 아몬드멸치볶음, 콩나물무침, 김치였다.

멸치볶음을 뒤적이는데 내 앞에 식판이 놓였다. 나는 신경 쓰지 않고 멸치볶음을 입으로 가져갔다. 멸치의 짭짤한 맛을 느낄 새도 없이 안녕, 하는 낯익은 목소리가 들렸다. 내 기억이 맞다면 지나루였다.

나는 고개를 천천히 들었다. 지나루는 무슨 말인가 하고 싶어 하는 얼굴이었지만 나는 그저 밥을 먹었다.

"같이 먹자."

나는 대답하지 않았다. 내 앞자리에 앉으라 마라 할 권리가 내겐 없었다.

"궁금한 거 있는데 물어봐도 돼?"

더 이상 귀찮아지고 싶지 않았다. 아무것도 묻지 말라고 답하고 싶었다.

"넌 왜 애들 피해 다녀? 대답하기 싫으면 안 해도 돼."

나는 아무 대답도 하지 않았다.

"오늘도 아르바이트 가지?"

나는 한숨을 길게 내뱉고 말했다.

"넌 왜 이런 식으로 대우받으면서까지 나한테 말 걸어?"

"말했잖아. 공정한 대우를 받는 느낌이라고. 진짜 신기해. 다른 애들이 그랬으면 상처받았을 텐데, 네가 나를 싫어한다고 말하는 건 생각보다 괜찮아."

"널 생각해본 적이 없어서 특별하게 싫어하지도 않아. 그때 말한 것처럼 그냥 관심이 없을 뿐이야."

지나루는 어떻게든 웃어 보이려고 했다. 나는 그 얼굴을 보고 싶지 않아 음식이 남은 식판을 들고 자리에서 일어났다.

교실에서 책을 좀 읽다가 물을 마시러 갔다. 교실 바로 앞에서 윤건과 반장이 대화를 하고 있었다. 두 사람이 친하다는 건 한눈에도 알 수 있었다. 지금까지 봐왔던 윤건의 얼굴과는 많이 달랐다.

나는 정수기로 갔다. 무슨 일인지 정수기 근처에 사람들이 몰려 있었다. 가까이 가니 지나루가 몇몇 여자 애들과 얘기를 하고 있는 게 보였다. 얘기라기보다는 일방적으로 괴롭힘을 당하고 있었다.

내가 관여할 일이 아니었기 때문에 쳐다보지 않고 물을 마시는데 지나루의 목소리가 들렸다.

"은비야."

나는 고개를 돌려 그쪽을 봤다. 딱 봐도 학교와는 어울리시 않는 여자 애들이 거기에 서 있었다.

그들은 한심하다는 얼굴로 지나루를 쳐다보며 비웃고 있었다. 그리고 주변에는 그 일과 아무런 상관도 없는 애들이 수군거리며 서 있었다. 아마도 그들은 또 다른 애들에게 이 이야기를 들려줄 것이고, 그 얘기가 돌고 돌면 어느 순간 사실과는 완전히 다른 얘기가 되어 있을 게 뻔했다.

나는 빨리 이 구역질 나는 공간을 벗어나기 위해 몸을 돌렸다. 그때 윤건의 목소리가 들렸다.

"은비, 뭐 해?"

"몰라. 애 너희 반 아니야? 좀 데려가라. 자꾸 귀찮게 말 걸잖아."

지나루가 먼저 말을 건 모양이었다.

"나루야, 무슨 일인지는 모르겠는데 일단은 교실로 가자."

지나루는 윤건의 말에 대꾸하지 않고 다시 은비라는 아이에게 말했다.

"잠깐이면 돼. 5분만 얘기 좀 하자."

저 애는 모든 애들을 피하는 것처럼 보였는데 그건 또 아닌 듯했다. 하지만 지금 말을 거는 여자 애와는 어떤 사이인지 쉽게 가늠이 되지 않았다.

나는 고개를 젓고 몸을 돌려 교실로 걸어갔다. 그런데 은비라는 여자 애의 차가운 목소리가 내가 있는 곳까지 선명하게 들려왔다.

"좀 꺼져라. 기생충이야?"

잠깐 복도가 조용해졌다. 지나루의 목소리는 더 이상 들리지 않았다.

나는 다시 걸음을 움직여 교실로 들어왔다. 자리에 앉자 금방 윤건과 지나루가 같이 교실로 들어왔다.

하지만 다음 수업이 시작될 때 지나루는 사라졌다.

4장

금

다음 날 지나루는 학교에 오지 않았다. 조회 시간이 끝날 때까지 오지 않자 담임은 반 애들에게 연락을 해보라고 했다. 하지만 번호를 아는 애가 아무도 없었고, 관심을 갖는 애들도 없었다. 조회 시간이 끝나자마자 지나루는 반 애들에게 죽은 존재가 됐다. 순식간에 잊혀져버린 것이다.

1교시가 끝나도, 점심시간이 끝나도, 종례 시간이 돼서도 지나루는 나타나지 않았다. 담임이 지나루에 대해 다시 물어봤지만 반 애들은 그제야 지나루라는 존재를 떠올리며 오늘 학교에 오지 않았다고 말했다.

나도 더 신경 쓰지 않기로 했다.《어린 왕자》에서 여우가 말했듯이 누군가에게 시간을 쓰는 순간 관계가 생기기 때문이다. 그리고 누군가를 생각하는 것도 그 사람을 위해서 시간을 쓰는 것과 다르지 않았다.

편의점에 항상 나타나야 할 시간에도 지나루는 나타나지 않았다. 나도 모르게 손님이 들어올 때마다 얼굴을 확인했다. 내가 이러고 있는 것을 보면 이미 관계는 시작됐고, 어쩌면 내 생각보다 더 많이 진행됐을 수도 있었다.

다른 것에 집중하려고 책을 펼쳤지만 읽히지 않아 금방 덮어버리고 창밖을 봤다. 밝았던 밖이 어두워져 있었다. 차들은 가끔 경적을 울려댔고, 신호등은 빨간불과 노란불과 초록불 사이를 이리저리 오갔다. 이상하게 오늘은 창밖을 보고 있어도 마음이 편하지 않았다.

아르바이트가 끝나고 천천히 집으로 걸어갔다. 집으로 가는 길은 평소보다 어두웠다. 그게 기분 탓만은 아닌 듯 달은 어디에도 보이지 않았다. 고개를 바짝 올려 이리저리 살펴봤지만 별 하나 반짝이지 않았다. 구름에 가려졌을 수도 있고, 지나루처럼 사라져버렸을 수도 있었다. 달이 보이지 않을 경우의 수는 많았다. 나는 체념한 채 집으로 돌아갔다.

다음 날에도 지나루는 학교에 나오지 않았다. 대신 조회 시간에 담임이 30대 정도로 보이는 어떤 여자와 같이 교실로 들어왔다. 처음 보는 사람이었지만 어딘지 모르게 낯이 익었다.

담임은 짐짓 심각한 얼굴로 아이들을 향해 말했다.

"나루 어머니신데, 나루 일로 너희들한테 물어볼 게 있어서 오셨어."

말이 끝나자마자 지나루 어머니라는 사람이 말했다.

"나루랑 친하게 지내는 사람?"

여기저기서 수군수군 소리가 오가더니 순식간에 조용해졌다.

"왜 아무도 말을 안 해? 친한 사람 손 들어보라니까?"

아무도 손을 들지 않자 옆에 있던 담임이 난감한 얼굴로 변명하듯 말했다.

"애들도 연락을 해보고 나루가 자주 돌아다니는 곳도 다녀봤는데 아직 소식이 없는 것 같습니다."

지나루 어머니라는 사람은 어이없다는 얼굴로 담임을 노려보았다.

"반 애들이 괴롭힌 거 아니에요?"

"절대 아닙니다. 저희 반에선 그런 일 없어요."

"그걸 어떻게 알죠? 아무도 손을 안 들잖아요. 지금 이 상황이 장난으로 보이세요?"

"아뇨, 그럴 리가요. 일단 저랑 내려가서 따로 얘기하시죠."

"왜 따로 얘기를 해요? 학교 시간 도중에 나갔다면서요? 학교에서 무슨 일이 있었다는 거잖아요!"

"죄송합니다, 저희도 지금 알아보고 있으니 일단 나가서 얘기하시죠."

담임은 지나루 어머니에게 최대한 굽실거리다가 밖으로 나갔다.

두 사람이 나가자 조용히 있던 반 애들이 수군거리기 시작했다. 지나루가 크게 사고를 쳤다거나 남자들과 같이 있다거나 하는 전혀 신빙성 없는 말들이었다.

나는 자리에 엎드렸지만 잠 같은 건 오지 않았다. 결국 2교시까지 엎드려 있다가 잠을 포기하고 책을 읽었다.

지금까지 조용히 있던 반장이 내게 말을 걸었다.

"혹시 나루랑 연락된 거 있어? 너 나루랑은 얘기했잖아."

"몰라."

"나루랑 친한 거 아니었어? 자주 같이 밥 먹었잖아."

"안 친해."

"걱정 안 돼? 무슨 일 있는 거면 어떡해."

"그럼 어쩔 수 없는 거고. 본인이 도망치겠다고 나갔잖아."

"지금 그렇게 얘기할 때야? 그래도 같은 반 친구가 사라졌는데."

"나랑 상관없는 일이야. 반장이랍시고 그 어쭙잖은 책임감 때문에 걱정되는 거면 네가 나가서 찾아보든가."

"뭐?"

"아무것도 하지 않을 거면서 말만 하지 마. 다른 척도 하지 말고. 너나 나나 다를 거 없으니까."

반장은 나를 노려보다가 고개를 돌리고 밖으로 나가버렸다. 반장이 그렇게 나가자 여자 애들 몇 명과 윤건이 따라 나갔다.

수업 시작하기 직전 윤건은 교실로 들어와 나를 차갑게 쳐다봤고, 여자 애들은 수군거리며 있는 대로 나를 째려봤다. 곧 반장도 자기 자리로 왔다. 옆에 앉을 때 얼핏 얼굴이 보였는데 울었는지 눈 주변이 붉었다. 나는 신경 쓰지 않고 엎드렸다.

그 뒤로 반 여자 애들은 쉬는 시간만 되면 나를 째려봤고 어떻게든 날 싫어한다는 것을 알리려고 최선을 다했다. 나는 그 모든 행동들에 예전과 똑같이 무관심으로 대응했다.

그러자 상처받지 않는 나를 더욱더 증오하며 노골적으로 싫어하는 티를 냈다.

편의점에서 책을 읽고 있을 때였다. 문이 열려 고개를 드니 반장이 보였다. 이제는 딱히 무슨 생각도 나지 않았다. 꽤 많은 애들이 이곳에 들락거렸기 때문이다.

"어서 오세요."

"너 여기서 일해?"

나는 고개를 끄덕였다.

"나루 이 주변에 많이 온다고 해서 와봤는데, 나루 본 적 있어?"

"아니."

나는 빤히 반장을 바라봤다. 주말 아침부터 지나루를 찾으려고 돌아다닌 듯했다.

"여기 자주 온다던데. 언제 마지막으로 왔어?"

"기억 안 나."

"너는 일하면서도 싸가지가 없구나?"

딱히 적대감이 느껴지는 말투는 아니었다. 그저 친구에게 밥은 먹었는지 물어보는 느낌이었다.

"배고픈데 뭐 좀 먹어야겠다."

반장은 진열장으로 걸어갔다. 나는 반장을 눈으로 좇다가 다시 책을 펼쳤다.

　한 페이지가 넘어갈 때쯤 카운터 위에 이온 음료와 생크림 빵이 놓였다. 계산이 끝나자 반장은 아무 말도 하지 않고 테이블로 갔다. 그러고는 자리에 앉자마자 소리쳤다.

　"저기요, 아저씨."

　날 부르는 것이라고는 생각을 못 하고 책을 읽었다. 한 번 더 목소리가 들려왔다.

　"저기요!"

　고개를 들자 반장과 눈이 마주쳤다.

　"테이블 너무 더러운데 좀 닦아주세요."

　손님의 정당한 요구였기 때문에 행주를 들고 그쪽으로 갔다. 나는 테이블을 꼼꼼하게 닦고 카운터로 돌아갔다. 그제야 반장은 자신이 산 빵과 음료를 내려놓았다. 나는 다시 책을 읽었다.

　몇 분이 지나 다시 목소리가 들렸다.

　"저기요."

　나는 다시 고개를 들었다.

　"이거 다 먹었는데 치워주세요."

　"손님이 드신 건 손님이 치우시면 돼요."

"저 이거 안 치우고 갈 건데, 어차피 치우셔야 할걸요?"

나는 테이블 위에 있는 빈 캔과 빵 봉지를 보다가 고개를 끄덕였다. 틀린 말은 없었다. 나는 아르바이트생이고 지금 내 앞에 있는 이 아이는 손님이었다.

나는 그쪽으로 가서 테이블 위를 정리했다. 빵 봉지와 캔을 버리고 빵 부스러기를 행주로 쓸어냈다.

"종종 들러야겠다. 속이 뻥 뚫리네."

나는 테이블 정리를 끝내고 말했다.

"계속 찾을 거야?"

내가 상관할 일은 아니었지만 혹시나 내가 한 말로 이 일이 벌어지고 있는 거라면 내 책임이 없지는 않았다. 나는 아마도 아예 입을 열지 말았어야 했다.

"너랑은 다르니까."

반장은 그렇게 말하고 밖으로 나갔다. 나는 테이블 앞에 서서 창밖으로 사라져가는 반장을 보다가 카운터로 돌아왔다.

복잡할 건 없었다. 그 아이는 그저 자신이 죄책감을 갖고 싶지 않아서 하는 행동이라고 말하고 있었다. 그럼에도 지금 내 머릿속은 이상할 정도로 복잡해지고 있었다.

샤워를 끝내고 이불 속으로 들어가자 지나루가 했던 말이 떠올랐다. "저기, 나랑 친구 할래?"

어떤 식으로 보든 어색한 말이었다. 그리고 나는 1초의 망설임도 없이 거절했다. 그게 옳은 선택이었는지 옳지 못한 선택이었는지는 모르겠다. 그 애가 싫어서 거절한 것은 아니었다. 누가 그런 말을 했더라도 아마 똑같이 대답했을 것이다.

나에게는 뚜렷한 가치관이 있었다. 그건 금이었다. 초등학교 때 책상에 그어놓고 넘어오지 말라고 했던 그 금 말이다. 유치한 장난으로 보일 수 있겠지만, 이 세계조차도 금을 긋고 있었다. 그 금 하나가 잘못되는 순간 소중한 사람을 영영 보지 못하게 될 수도 있고, 전쟁이 날 수도 있었다. 나도 똑같았다. 내가 살아가는 이 세계에서 내게 소중한 것이라고 확신할 수 있는 것에만 금을 그었다. 그리고 금 바깥에 있는 것들은 어떻게 되든 신경 쓰지 않았다.

이유는 간단했다. 나에게는 남의 것까지 챙길 능력이 없었다. 나 하나 살아가면서 버티는 것도 버거웠기 때문이다. 내 것이 아닌 것에 욕심을 부려봤자 결국 상처받는 사람은 나뿐이었다.

윤리 시간에 선생이 지금까지 배웠던 것을 짝과 함께 요

약 정리해서 제출하라고 했다. 어차피 경쟁으로 순위를 매기는 학교에서 왜 자꾸 팀 숙제를 하라고 하는지 이해가 가지 않았다. 하지만 누군가에게 피해를 주고 싶은 마음은 조금도 없었다. 그 사람을 위해서가 아니라 나를 위해서였다. 아무렇지 않게 피해를 주는 것은 그런 피해를 나에게 줘도 된다고 말하는 것과 같았기 때문이다.

수업이 끝나자마자 반장이 말했다.

"들었지?"

나는 고개를 끄덕였다.

"각자 분량 나눠서 정리한 다음, 나한테 메일 보내면 내가 붙여놓을게."

"컴퓨터 없어."

"컴퓨터가 없다고?"

나는 다시 고개를 끄덕였다.

"그럼 어떡하지?"

학교 가기 전에도, 학교가 끝나서도 일을 해야 했기 때문에 피시방 같은 곳에 갈 시간이 없었다.

"혹시 시간 비는 날 있어?"

"주말 네 시간 정도."

"그럼 그전까지 공책에다 정리해봐. 주말에 만나서 컴퓨터에 옮겨 적자."

나는 고개를 끄덕였다.

며칠간 내 삶이 조금 더 피곤해지게 됐다. 나는 쉬는 시간에 잠을 자지 않고 내가 맡은 부분을 정리했다.

주말까지 완벽하다고는 할 수 없었지만 어느 정도 정리를 끝냈다. 반장은 학교 근처에 사는지 그쪽에서 보자고 했다. 나는 새벽 상하차 일을 끝내고 집에 있다가 약속 장소로 갔다. 버스에서 내리자 건너편에 반장으로 보이는 애가 서 있었다.

"컴퓨터 써야 하니까 집으로 가자."

나는 말없이 그 아이를 따라갔다. 내 집이 아닌 다른 사람의 집에 가는 건 처음이었다. 5분 정도 걸으니 주택들이 다닥다닥 늘어선 좁은 골목이 나왔다. 반장은 금방 허름하고 오래돼 보이는 대문을 열고 안으로 들어갔다.

원룸 형식의 옥탑방이었다. 그리 넓지 않은 거실이 있었고, 화장실을 제외하면 방이 따로 없었다. 우리 집보다 더 작고 형편없어 보였다.

"뭐 해, 들어와."

나는 신발을 벗고 안으로 들어갔다. 모든 게 낯설게만 느껴졌다. 이 공간도, 이 공간 안에 있는 사물들도 낯선 사람을 경계하는 개처럼 나를 노려보는 느낌이었다.

나는 어색하게 걷다가 벽에 붙은 가족사진을 보았다. 반장과 반장의 어머니로 보이는 사람 둘뿐이었다. 내가 가족사진 앞에 서 있자 반장이 덤덤하게 말했다.

"아버진 돌아가셨거든."

놀랍지는 않았다. 이 세계는 무슨 일이든 벌어질 수 있었기 때문이다. 나는 그저 고개를 끄덕였다.

들고 있던 공책을 넘겨주자 반장이 컴퓨터를 켰다.

"옆에 앉아서 마음에 안 드는 거 있으면 말해줘."

나는 고개를 끄덕였지만 딱히 고치라고 하고 싶은 것은 없었다. 조용히 키보드 소리를 들으며 반장이 알아서 하게 내버려뒀다. 얼마간 막힘없는 키보드 소리가 들렸고, 금방 숙제가 끝났다.

반장이 기지개를 쭉 펴고 말했다.

"배고프다. 너 밥 먹었어?"

나는 고개를 저었다. 아침부터 이곳으로 오느라 먹은 게 거의 없었다.

"라면이라도 먹을래?"

"됐어."

"편의점 가지?"

나는 고개를 끄덕이고 신발장으로 갔다. 그런데 반장이 나를 따라오면서 신발을 신었다.

"같이 가자."

나는 잠시 반장을 쳐다보았다.

"아직도 찾고 있는 거야?"

"응, 계속 찾아야지."

"왜 그렇게까지 해?"

"걱정되니까."

반장은 나를 또렷하게 보고 말했다.

"나루도 걱정되고, 나도 걱정돼. 아무 일도 없겠지 하고 아무것도 하지 않다가 나중에 정말로 무슨 일 생기고 나서 후회하고 싶지 않아. 네가 말한 것처럼 입으로만 떠들다가 죄책감 갖고 살고 싶지 않아."

나는 그 아이의 눈을 멍하니 보다가 문득 생각난 것처럼 말했다.

"너 이름이 뭐야?"

"강별."

"강별."

그 아이는 내 눈을 피해 다른 곳으로 시선을 돌리다가 밖으로 나가면서 말했다.

"넌 이제야 내 이름이 궁금한 거야?"

나도 내가 왜 그런 걸 물어봤는지 알 수 없었다. 왜 갑자기 궁금해진 걸까? 나는 아무 대꾸도 하지 않았다.

편의점으로 들어가면서 나는 지나루가 항상 앉던 텅 빈 테이블을 바라봤다. 그 아이가 오지 않은 지 벌써 두 주가 되어가고 있었다. 대체 어디에 있는 걸까? 아직 살아 있긴 한 걸까?

편의점 일을 끝내고 집으로 돌아와 눕자 강별의 말이 떠올랐다. "아버진 돌아가셨거든."

나는 검은 천장을 바라보며 생각했다. 아버지가 돌아가셔서 다시는 보지 못하게 된 것과 어머니가 자식을 버리고 다른 남자에게 가버린 것 중 어떤 것이 덜 억울한 일인지. 하나의 상황은 그 사람을 다시는 볼 수 없지만 이해할 수 있는 상황이고, 다른 하나는 어쩌다 한 번쯤은 볼 수 있어도 이해할 수 없는 상황이라면.

먹구름이 잔뜩 낀 날이었다. 난 학교에 나가자마자 엎드렸다. 그리고 어느 순간 빗소리에 잠을 깼다. 고개를 들어 창밖을 보자 비가 노크하듯 창문을 치고 있었다.

나는 학교가 끝날 때까지 주먹으로 머리를 받치고 비가

내리는 것을 바라봤다. 비는 계속해서 강해져 어느새 운동장에 물웅덩이를 만들었고, 그 웅덩이들이 넘치며 서로 이어지고 있었다. 웅덩이를 보고 있으니 언젠가 그 속에 비치던 이하은이 떠올랐다.

비가 오는 날에는 편의점에 손님이 거의 오지 않았다. 가끔 비를 피하러 들어오거나 우산을 사는 게 다였다. 나는 벽에 걸려 있는 시계를 힐끔힐끔 보면서 책을 읽었다. 하지만 책에 있는 글자보다 빗소리가 더 신경이 쓰였다. 결국 나는 책을 덮고 창밖을 바라봤다.

비는 계속 내렸다. 가끔 바람에 날려 온 비가 편의점 창문에 가는 선을 그리며 밑으로 떨어졌다. 삶이 무거워질수록 내쉬는 숨도 무거워졌고, 시간 역시 그랬다. 지금 내 시간은 그 늘어난 무게만큼 평소와 달리 힘겹게 가고 있었다. 내가 무엇 때문에 이러는지 알 수 없었다.

회색빛 하늘이 검은색으로 물들어갔고, 우두커니 서 있던 가로등에 불빛이 들어왔다. 가로등 불빛 아래로 떨어지는 비가 선명해졌다.

문이 열리는 소리에 고개를 돌리니 강별이 보였다. 모자를 썼는데 옷과 머리카락이 엉망으로 젖어 있었다. 꽤 긴 시간을 돌아다닌 듯했다.

강별은 휴대용 휴지를 집어 들고 카운터로 왔다.

"뭐 하게?"

"다 젖어서 좀 닦게."

목소리가 잠겨 있었다. 말을 하는 순간에도 머리카락에서 빗물이 떨어졌다. 강별은 구석으로 가서 물기를 닦아내고 다시 밖으로 나가려고 했다.

분명 내가 신경 쓸 문제가 아니었다. 신경을 쓴다고 해도 달라질 것이 없었다. 하지만 나는 자리에서 일어나 강별에게로 걸어갔다. 그리고 문을 열려고 할 때 그 애의 어깨를 잡고 말했다.

"할 만큼 했어."

강별은 아무 말도 하지 않고 바닥만 봤다. 고개를 숙이고 있어서 표정이 어떤지는 알 수 없었다. 그렇게 한참 동안 바닥을 바라보다가 입을 열었다.

"어렸을 때 아빠가 아팠는데, 많이 아픈 줄 몰랐어. 엄마가 매일 괜찮다고, 걱정하지 말라고 해서 정말로 그런 줄 알았거든. 금방 괜찮아질 거니까 아무렇지도 않게 여겼어."

지난번 내 말에 강별이 왜 그렇게 반응했는지 알 것 같았다. 내가 아무렇지도 않게 내던졌던 말이 이 아이에게 상처를 입힌 것이다.

"그런 일이 또 생기게 하고 싶진 않아."

난 아무 말도 할 수 없었다. 분명 해야 할 말이 있었다. 아무것도 알지 못하면서 떠들어 미안했다는 말도, 이제 그만해도 된다는 말도, 최선을 다했으니 죄책감 가지지 말라는 말도. 하지만 입이 떨어지지 않았다.

"가볼게."

강별은 문을 열고 다시 빗속으로 걸어 나갔다.

비는 다음 날까지 그치지 않고 계속 내렸다. 그리고 강별은 학교에 나오지 않았다. 담임 말로는 감기에 심하게 걸려 학교에 나올 수 없는 상태라고 했다. 옆자리가 비니 지겹기만 하던 이 공간이 낯설게 느껴졌다.

나는 창밖으로 내리는 비를 보면서 반장이 학교를 못 나오게 된 것에 내 책임이 얼마만큼 있는지 생각했다. 분명 내 말 때문이었다고는 할 수 없었지만, 그렇다고 아주 무관해 보이지는 않았다.

어쩐 일인지 오늘은 잠이 오지 않았다. 학교가 끝날 때까지 비가 내리는 걸 바라봤다.

학교가 끝나고 버스를 타려는데 정류장 앞에 있는 약국이 눈에 들어왔다. 나는 안으로 들어가 종합감기약을 사서 나왔다. 강별의 집은 이곳에서 그리 멀지 않았다.

어느새 강별의 집 앞이었다. 무작정 왔기 때문에 약을 전해줄 방법은 생각하지 못했다. 나는 오른손에는 우산을, 왼손에는 약 봉지를 들고 가만히 서 있었다.

비 때문인지 지난번과는 다른 동네처럼 보였다. 나는 켜진 가로등 아래 서서 발밑에 고이는 물웅덩이를 바라봤다.

얼마 후 그 웅덩이 안으로 다른 사람이 들어왔다. 나는 웅덩이 안의 흐릿한 형상을 보다가 고개를 들었다. 강별이 서 있었다. 평소보다 얼굴이 더 창백하고 힘들어 보였다.

나는 잠깐 빗소리를 듣다가 말했다.

"멀쩡한가 보네, 돌아다니는 거 보니까."

"여기 왜 왔어?"

나는 들고 있는 약 봉지를 내밀었다.

"뭐야?"

나는 아무 대꾸 없이 약 봉지만 건네고 버스 정류장으로 걸어갔다.

편의점에 와서 비가 내리는 것을 바라봤다. 특별하게 무슨 생각을 하지는 않았다. 하늘의 상태처럼 내 상태도 흐리멍덩했다.

나는 눈을 감고 그나마 익숙한 어둠에 몸을 기댔다. 아주 잠깐 이 세계와 멀어지는 것이다. 나는 내 시야를 꺼버리고 더 깊은 어둠 속으로 들어갔다.

천천히 눈을 뜨니 조금씩 편의점의 형광등 불빛이 눈에 들어왔다. 나는 숨을 길게 내뱉고 눈을 완전히 떴다. 텅 빈 테이블이 보였다.

다시 비를 보기 위해 고개를 돌렸다. 그리고 창밖에 놓인 테이블에 지나루가 앉아 있는 것이 보였다.

과거

똑같았다. 혼자 수업을 듣고, 혼자 밥을 먹고, 쉬는 시간에 엎드려 잤다. 나는 오늘도 똑같은 하루가 지나갈 것이라고 생각했다. 담임이 시킨 숙제는 아마도 하루 전날 몰아서 하면 될 것이었다. 그런데 학교가 끝날 때쯤 그 아이가 내 쪽으로 왔다.

"오늘 학교 끝나고 시간 있어?"

나는 거절하면 안 된다는 것을 알고 고개를 끄덕였다.

"오늘 남아서 몇 개만이라도 해놓자. 금요일까지니까 매일 조금씩 해놓으면 될 것 같아."

"하루면 충분하잖아."

"그러면 좋은데, 학원 다녀서."

나는 고개를 끄덕었다. 학원을 다녀본 적은 없었지만 애들에게는 무조건 가야 하는 곳이라는 건 알고 있었다.

학교 수업이 끝나자마자 청소가 아닌 애들이 밖으로 뛰쳐나갔다. 그 아이와 나는 청소가 끝날 때까지 복도 앞에 서 있었다. 두 발자국 정도 떨어진 거리에 서서 나는 창밖을 보거나 옆에 있는 그 아이를 힐끔거렸다. 드문드문 눈이 마주쳤다. 그럴 때마다 나는 곧바로 눈을 돌렸다.

청소가 끝나자 그 아이는 담임에게 교실을 사용하겠다고 허락을 구하고 자리에 앉았다. 아무도 없는 교실을 보니, 좁게만 느껴지던 곳이 커 보였다. 나는 문 앞에서 낯선 교실을 바라보다가 안으로 들어갔다. 내 자리에 앉으려고 하는데 그 아이가 말했다.

"내 앞에 앉으면 얼굴 보면서 얘기할 수 있겠다."

나는 그 말에 따랐다. 하지만 막상 마주 보고 앉으니 고개를 들 수가 없었다. 나는 책상만 쳐다봤다. 그래서 그 아이가 어떤 표정으로 날 보고 있는지 알 수 없었다.

"계속 책상만 보고 있을 거야?"

"아니."

"근데 이렇게 남아서 하려니까 어떻게 해야 할지 모르겠다. 내 이름은 알아?"

"몰라."

"이하은. 내 이름이야."

이하은. 나는 속으로 혼잣말을 했다. 처음으로 반 애의 완벽한 이름을 알게 됐다. 하지만 이름을 안다고 달라질 게 있을지 의문이었다.

"궁금한 게 있긴 한데 물어봐도 될까? 그땐 공개적으로 물어보는 게 좀 그래서."

나는 고개를 끄덕였다.

"왜 사람들한테 다가가지도 않고, 다가오지도 못하게 해?"

"넌 왜 사람들한테 다가가고, 사람들이 다가오게 하는데?"

난 그 아이가 이 질문에 꼭 대답해주길 바랐다.

"혼자 있으면 힘들지 않아?"

"그런 건 같이 있을 때도 늘 있는 거잖아."

"그래도 약간은 다르겠지."

"어떻게?"

"네가 힘들 때 기댈 수 있잖아."

"만약에 사라져버리면?"

"어?"

"아니야, 그냥 혼자 있는 게 편해."

"그러면 네가 행복하지 않잖아."

나는 이하은의 눈을 바라봤다. 내가 행복하지 않다는 걸 어떻게 확신하고 있는 걸까. 그리고 지금 이 아이의 눈빛에 왜 마음이 아파지는 걸까.

"행복하지 않아도 돼."

"거짓말."

"네가 그걸 어떻게 알아?"

"스스로 불행해지고 싶은 사람은 없으니까."

"모두 자기가 행복하기 위해서 살아간다고?"

"응, 그런데 예외가 있어."

"뭔데?"

"사랑을 할 때야."

"그게 뭔데?"

"내가 완전히 사라지고 그 사람만 남는 거야."

"그럼 네 말은, 누군가를 사랑하면 내가 불행해지는 건 상관없이 그 사람만 생각하게 된다는 거야?"

"응, 생각해봐. 세상에 있는 모든 걸 준대. 그런데 사랑은 할 수 없대. 그럼 어떡할 거야?"

나에게는 사랑하는 사람이 없었다. 그런데도 선뜻 대답이 나오지 않았다.

"봐. 세상의 모든 걸 준대도 고민하게 만들잖아. 그리고 고민한다 해도 결국에는 받지 않는다고 말하겠지. 사랑하는 사람이 없다면, 세상에 있는 걸 다 가져도 그저 죽기 위해 살아가는 것일 뿐이니까."

내가 아무도 원하지 않는 건, 내가 그 누구도 사랑할 수 없는 사람이 됐기 때문일까. 나는 시선을 밑으로 떨어뜨렸다. 꼭 그 아이가 내 안을 꿰뚫고 그곳을 헤집어놓는 것만 같았다.

"그럼 누군가를 사랑하게 되면, 가진 게 아무것도 없어도 살고 싶어져?"

"응."

"그런 적 있어?"

"어떤 적?"

"죽기 위해 살아간 적."

그 아이는 내 눈을 빤히 보다가 대답했다.

"응."

"언제?"

"미안. 나 시간 돼서 가봐야겠다."

말하고 싶지 않다면 어쩔 수 없었다.

이하은은 서둘러 가방을 챙겼고, 나는 천천히 챙겼다. 이제부터 각자의 길을 가면 됐다. 보조를 맞출 필요가 없었다. 그런데 그 아이가 아무렇지도 않게 말했다.

"빨리 가자."

이하은이 문 앞에서 날 기다리고 있었다. 낯설었다, 누가
날 기다리고 있다는 것이. 나는 빈 교실에서 잠깐 동안 움직
임을 멈추고 서 있다가 나도 모르게 고개를 끄덕이고 문으로
다가갔다.

"집 어느 쪽이야?"

난 아래 방향을 가리켰다.

"같은 방향이네. 같이 가면 되겠다."

이하은은 내가 살고 있는 데서 가까운 곳에 살았고, 집으로
들어가기 전에 내게 인사를 했다.

"잘 가."

나는 그 인사를 쳐다보기만 하다가 집으로 돌아갔다.

많은 사람들에게는 흔한 일일 수도 있겠지만 그날 있었던
일은 내게 낯설었다. 모든 게 처음이었다. 누가 날 기다려준
것도, 다른 사람과 보폭을 맞춰 걸은 것도. 그리고 나는 그 낯
선 느낌을 어떻게 다뤄야 하는지 몰랐다.

5장

한 걸음

얼굴을 확실히 보진 않았지만 지나루라는 건 알 수 있었다. 나도 모르게 안도의 숨이 흘러나오면서 그런 생각이 들었다. 살아 있어서 다행이다.

지나루가 언제부터 그곳에 있었는지, 나를 봤는지는 알 수 없었다. 하지만 지금은 비가 내리는 것을 보고 있었다. 나는 숨을 내뱉고 자리에서 일어났다. 이온 음료 두 개를 계산하고 밖으로 나왔다.

편의점 안에 있을 때와 다르게 빗소리가 매서웠다. 나는 천천히 지나루에게 다가갔다. 그리고 한 걸음이 남았을 때 걸음을 멈췄다. 분명 한 걸음만 걷는다면 마주 보게 될 것이었다. 하지만 선뜻 내디딜 수가 없었다. 한 걸음. 말로 하면 쉬웠지만 그 무게는 결코 가볍지 않았다.

공기를 목 안으로 삼키자 다시 빗소리가 세차게 들렸다. 나는 빗소리를 듣다가 앞으로 한 걸음 다가갔다.

지나루의 얼굴이 보였다. 울고 있었다. 나는 속에 꽉 찬 숨을 내뱉고 자리에 앉았다. 음료수 캔을 따서 앞에 놓았지만 그 애는 고개를 숙이고 가만히 있었다.

나는 아무 말도 하지 않았다. 무슨 일이 있었느냐고, 어디에 있었느냐고 묻지 않았다. 누군가의 어려운 일을 쉽게 묻고 싶지 않았다. 나는 그저 아무 말 없이 옆에 있었다. 비는 내렸고, 그 아이는 울었고, 나는 가만히 앉아 있었다.

얼마 후 지나루가 입을 열었다.

"학교 가기 싫어서 아빠 집에 가 있었어. 엄마랑 사이가 안 좋거든. 엄마랑 있었으면 이렇게 못 했을 거야."

"이젠 괜찮은 거야?"

"응. 아빠가 이제 가보래서. 엄마한테 전화했나 봐. 데리러 온다길래 그냥 먼저 나왔어."

나는 고개를 끄덕였다.

"미안해, 달리 갈 데가 생각 안 나서."

"마셔."

지나루는 음료수 캔을 쥔 채 한동안 말이 없었다.

"안 믿겠지만 은비랑 많이 친했어. 근데 어느 순간 갑자기 멀어졌어. 아마도 나 때문일 거야. 내가 옆에 있어서 은비가 불행해진 거야."

"왜 너 때문에 불행해졌다고 생각해?"

"내가 왕따였으니까. 은비가 나하고 친해지면서 학교 애들이랑 많이 싸웠거든. 그러다 보니까 은비 부모님이 학교에 자주 불려 오게 됐어. 나 때문에 많이 상처받았을 거야."

"그 친구랑 얘기해본 거야?"

"아니, 그러고 싶었는데 정말 갑자기 차가워져서. 그 뒤로는 아무 말도 못 했어."

"그게 왜 너 때문에 불행해진 거야?"

"내가 아니었으면 아무 일도 없었을 테니까."

"걔 선택이야. 네가 혼자라는 걸 알면서도 너를 선택한 거니까. 너 때문에 불행해진 건 없어."

지나루는 가만히 캔만 바라보았다. 나도 더 이상 아무 말 하지 않고 조용히 비를 바라보았다. 모든 게 씻겨 내려가길 기다리면서.

지나루는 아무 일도 없었던 것처럼 다시 학교에 나왔다.

강별 이외에 관심을 보이는 애들은 없었다. 아마도 다행인 일이었다. 이들의 관심은 사람을 위로하기보다 상처주는 일이 많았으니까.

윤건이 강별에게 다가와 말했다.

"괜찮은 거야?"

"응, 괜찮아졌어."

윤건은 비타민 음료를 책상에 올려놓았다.

"이거라도 마셔. 감기에 좋대."

"이제 괜찮은데."

"너 때문에 샀는데 마셔주면 안 돼?"

"그렇게 말하면 내가 뭐가 돼. 고마워, 잘 마실게."

윤건은 웃음을 지어 보이고 자신의 자리로 돌아갔다.

점심시간이 되어 급식실에 내려가 혼자 점심을 먹고 있는데 강별이 내 앞에 앉았다. 강별은 숟가락을 들지 않고 내 얼굴을 빤히 보다가 말했다.

"고마워."

"뭐가?"

"약 사다 준 거."

"고마워할 필요 없어."

"내가 고마워서 고맙다는데 왜 고마워하지 말래?"

"너 때문에 산 게 아니라 나 때문에 샀으니까."

"그게 무슨 말이야?"

"그때 내가 너한테 쓸데없는 소리 해서 그 말에 책임진 것뿐이야."

"네가 한 말 조금도 신경 안 써."

"그럼 다행이고."

강별은 그대로 일어나 바깥으로 나가버렸다. 나는 먹던 밥을 계속 먹었다.

되도록 아무와도 엮이지 않고 혼자 지내려고 노력했다. 혼자라는 건 생각보다 많이 편하기 때문이다. 어떻게든 나 하나만 책임지면 그만이었다. 크게 어떤 변화가 있는 것도 아니고 갑자기 들쭉날쭉한 사건이 연달아 터질 일도 없었다. 시간과 돈, 감정을 낭비할 필요가 없었다.

내게는 문제가 있었는데, 딱히 그 문제를 극복하려고 하진 않았다. 군이 그럴 이유가 없었던 것이다. 설사 극복해낸다 하더라도 그 사람은 내게 돌아오지 않을 것이기 때문이다. 이젠 그렇게 불러서는 안 되지만, 어머니라는 존재였다.

지금 돌아보면 어머니는 나를 그저 집 안에 있는 가구 정도로 생각했던 것 같다. 다른 남자가 집으로 찾아와 난동을 부리며 어머니를 때리기도 했고, 어머니와 성관계를 갖기도 했다. 그때 나는 여덟 살이었기 때문에 내 앞에서 무슨 일이 일어나는지 이해할 수 없었다. 그게 옳은 일인지 옳지 못한 일인지도 판단할 수 없었다. 그저 그 사람이 어머니를 때리면 나쁜 사람이었고, 내 머리를 쓰다듬어주면 좋은 사람이었다. 그리고 어머니는 어느 순간 연기처럼 사라졌다. 나를 버리고 그 남자와 도망친 것이다.

내가 할 수 있는 건 우는 것뿐이었다. 그러면 어머니가 다시 돌아와 나를 달래줄 거라고 생각했다. 하지만 어머니는 돌아오지 않았다. 결국 나는 더 이상 울지 않게 됐다. 울어봤자 달라질 게 없다는 것을 알았으니까. 그리고 그때 깨달았다. 내 것이 아니라면 버려야 한다는 것을, 버리지 않으면 버려진다는 것을.

어머니가 날 버린 것에 대해선 할 말이 없다. 자신을 구타하던 남자에게 가버린 것도 상관없었다. 그 사람이 선택한 인생이니까. 내 분노의 대상은 아버지였다.

아버지는 늘 가족 이외의 사람이 첫 번째였다. 단 한 번도 내 어머니와 내가 우선순위에 오른 적이 없었다. 집에서는 거의 말도 하지 않았고 표정도 없었다. 원래 그런 사람인 줄 알았다. 하지만 같이 새벽일을 시작하고부터 난 내가 알던 아버지가 아닌 다른 사람을 보았다. 아버지는 처음 보는 사람들과 늘 웃으며 대화했다. 그 모습을 보면서 나는 날 버린 어머니를 이해하게 됐고, 내 옆에 남은 아버지를 이해할 수 없게 됐다.

"저기, 윤환아."

목소리가 들려 나는 김치찌개를 뜨다가 고개를 들었다. 앞에 있던 강별이 사라지자 지나루가 앉아 있었다.

"비는 시간 있어?"

"뭐가?"

"그러니까 혹시 남는 시간 있어?"

"주말, 아르바이트 가기 전에."

"그럼 나랑 영화 보자."

"영화?"

그 말을 듣자마자 귀찮게 느껴졌다. 영화를 볼 시간이 있다면 차라리 잠을 자는 게 더 나았기 때문이다. 하지만 나는 편의점에서 음료수를 건넸고, 그 행동에 책임을 져야 했다.

"그래."

"진짜?"

"응."

지나루는 거절당할 것이라고 생각했는지 놀란 얼굴로 나를 바라봤다.

"혼자 가면 사람들이 말 걸고 그러거든."

나는 충분히 그러고도 남을 것이라고 생각했다. 지나루는 객관적으로 예뻤기 때문이다.

"그럼 어디서 몇 시에 볼까?"

"10시쯤 편의점 앞에서 보자."

"그래!"

"근데 너 주말에 부모님이랑 있어야 한다며."

"괜찮아."

그 주 내내 지나루는 그 약속이 인생의 중심이라도 된 것처럼 하루에 한 번씩 약속을 확인했다. 그리고 그럴 때마다 상당히 행복해 보였다. 그 얼굴은 나를 어색하게 만들었다. 지금까지 나를 보던 얼굴들과 많이 달랐기 때문이다.

토요일 새벽, 나는 아버지의 차를 타고 공장으로 출발했다. 창밖을 보니 확실히 여름이 오고 있었다. 나뭇가지에도 초록색 잎사귀가 가득했다. 나뭇잎들이 바람에 희미하게 흔들렸고, 그 사이로 해가 떠오르는 게 보였다.

상하차 일은 평소와 다를 게 없었다. 나는 상자를 나르면서 오늘 약속에 대해 생각했다. 지나루와 영화를 보기로 한 것이 잘한 선택이었는지 아직까지도 갈피가 잡히지 않았다.

복잡해져가는 머릿속을 정리하는데 뒤쪽에서 상자 떨어지는 소리와 함께 사람이 쓰러지는 소리가 들려왔다. 뒤를 돌아보자 아버지가 쓰러져 있었다. 바닥에 있는 상자를 보지 못하고 걸려 넘어진 듯했다.

트럭 위에 있던 아저씨들이 아버지에게로 달려갔다. 아버지는 일어나지 못했고 머리를 부딪쳤는지 피가 났다.

서둘러 병원에 전화를 해야 했지만 나는 멍하니 서 있었다. 아버지가 싫어서 복수를 하고 있는 게 아니었다. 머릿속이 하얘졌고 몸도 움직이지 않았다. 내가 굳어 있는 동안 다행히도 다른 아저씨가 병원에 전화를 걸었다.

구급차는 생각보다 빠르게 왔다. 병원에 가면서 나는 편의점 점장에게 전화를 걸어 사정을 설명했다. 점장은 별로 까다롭지 않게 아르바이트를 빼줬다.

아침이었는데도 병원 응급실에는 사람이 꽤 많았다. 사람이 많아서 그런지 대기 시간이 길었고, 나는 대기 시간 동안 바닥만 봤다. 아버지도 크게 다치지 않았는지 할 일 없이 병원을 둘러보았다. 꽤 긴 시간이었지만 아버지와 나는 한마디도 하지 않았다.

아버지의 순서가 되자 의사가 왔다. 찢어진 머리를 꿰매고 다리 쪽 검사를 받았다. 그리 큰 문제는 없었다. 당분간

무리를 하면 안 된다는 주의를 듣고 병원에서 나왔다.

제법 시간이 많이 지나 있었다. 아버지와 나는 택시를 타고 집으로 돌아갔다. 집에 도착하자마자 아버지는 방으로 갔고, 나는 샤워를 하고 잠이 들었다.

잠에서 깼지만 어지러움 때문에 몸을 일으킬 수가 없었다. 힘겹게 눈을 뜨고 시계를 보니 5시가 넘어 있었다. 이토록 길게 잠을 잔 건 오랜만이었다.

나는 어지러운 머리를 이끌고 화장실로 들어갔다. 양치를 하고 세수를 하고 나오니 전보다는 상태가 개운해졌다. 그리고 다시 한 번 시계를 보다가 지나루와의 약속을 떠올렸다. 나는 급하게 옷을 갈아입고 편의점으로 뛰어갔다.

편의점 앞으로 가는 내내 지나루가 그곳에 없길 바랐다. 몇 분 동안 기다리다가 집으로 돌아갔길 바랐다. 하지만 편의점 앞에 다다랐을 때 지나루가 서 있는 것이 보였다. 나는 숨을 몰아쉬고 그 아이에게로 걸어갔다.

"어? 진짜 왔네?"

지나루는 내가 오지 않을 것이라고 확신하고 있었던 것이다. 그리고 그런 확신을 가진 채 날 기다리고 있었다.

나는 지나루의 얼굴을 바라보다가 고개를 내렸다. 미안하다는 말도 나오지 않았다. 아마 약속 시간보다 더 일찍 나와 나를 기다렸을 터였다. 언젠가 이하은이 자신을 기다리던 나에게 왜 화를 냈는지 이해가 됐다.

"근데 영화 보기엔 너무 늦었다. 어떡하지?"

"왜 기다린 거야, 안 오면 가면 되잖아."

"응?"

"약속 시간이 한참 지났는데 왜 아직까지 여기 있냐고."

"여기 있으면 기다릴 수 있잖아."

"뭐?"

"다른 데를 가면 똑같아. 근데 여기 있으면 네가 올 수도 있는 거잖아."

지나루의 얼굴에는 조금의 원망도 없었다. 그저 내가 와서 기쁘다는 표정만 있었다.

"데려다줄게."

"어? 괜찮은데."

"가자."

"근데 오늘 아르바이트는 왜 안 왔어?"

"일이 생겨서."

그 아이는 더 이상 아무것도 묻지 않았다.

지나루의 집은 편의점에서 그리 멀지 않았는데 바깥에서만 봐도 잘산다는 것을 알 수 있을 정도로 크고 깨끗했다. 지나루는 내게 고맙다는 인사를 하고 안으로 들어갔다.

기다린다는 것이 무엇인지 뼛속 깊이 느껴본 적 있었다. 1분 1초가 괴로울 정도로 길다는 것도 알고 있었다. 나는 눈을 감고 하루 종일 나를 기다렸을 지나루를 떠올렸다. 차라리 내게 욕을 했다면, 화를 냈다면 조금은 괜찮았을까?

과 거

나는 이전처럼 이하은이 먼저 숙제를 하자고 말할 것이라고 생각했다. 하지만 무슨 일이 있는지 그 아이는 점심을 먹고서도 혼자 뭔가를 계속 쓰고 있었다.

나는 내 자리에서 가만히 그 뒷모습을 바라봤다. 한 걸음만 걸어도 일상적인 대화를 할 수 있을 정도의 거리였다. 하지만 너무 멀게 느껴졌다. 나는 한숨을 내뱉었다. 그저 대화하고 싶다는 생각만 들었다. 그리고 그런 생각을 하는 내가 바보처럼 느껴져 책상에 엎드렸다.

오늘따라 유독 학교 수업이 길었다. 수업이 다 끝났을 때는 기쁘기까지 했다. 종례가 끝나자마자 반 애들은 밖으로 뛰어나갔고, 나는 살짝 이하은을 쳐다봤다. 만약에 친구들과 가버리린다면 어쩔 수 없는 일이었다. 그런데 이하은은 내게 다가와 말했다.

"환아, 조금만 기다려줄 수 있어? 나 급한 일이 생겨서. 빨리 끝내고 올게."

나는 고개를 끄덕였다. 이하은은 급하게 교실을 나갔다.

나는 교실에 앉아 기다렸다. 청소를 하는 애들이 방해된다는 얼굴로 쳐다봐서 복도에 나가 있었다. 처음에는 청소가 끝나기 전까지 돌아올 것이라고 생각했지만 이하은은 청소가 끝나도 돌아오지 않았다. 나는 담임에게 허락을 받고 혼자 교실에 앉아 기다렸다.

교실에 혼자 있는 것은 생각보다 힘들었다. 노래도 들어보고 창가로 가서 밖을 보기도 했지만 수업 때보다 시간이 더 가지 않았다. 나는 창가에 앉아서 텅 빈 운동장을 바라봤다. 간혹 퇴근을 하는지 자동차가 운동장을 가로질러 정문을 빠져나갔다.

나는 고개를 들어 하늘을 봤다. 이제 조금씩 해가 떨어지고 있었다. 노을이 지고, 밤이 어두워지고 있다는 것을 느낄 때쯤 교실 앞문이 열렸다. 나는 이하은이라고 생각하며 고개를 돌렸지만 경비 아저씨가 서 있었다. 아저씨는 왜 아직도 교실에 있느냐며 날 쫓아냈다.

　기다려야 할 장소를 잃은 나는 운동장 스탠드에 앉아 걱정을 했다. 아마도 기다려달라던 그 아이의 말을 거절했어야 했던 걸까. 나는 몰랐던 것이다, 기다려달라는 말의 의미를. 날 버린 어머니를 기다렸던 적이 있었지만 그 일을 제외하면 지금까지 누구를 기다려본 적이 없었다. 나에게 기다려달라고 부탁을 한 사람도 없었고, 내가 기다리고 싶었던 사람도 없었다. 그래서 그게 어떤 의미인지 이하은을 기다려보기 전까지는 전혀 알지 못했다.

　해가 완전히 지고 학교 운동장이 어둠으로 뒤덮였다. 눈이 어둠에 익숙해져가고 있을 때쯤 정문 앞 가로등 아래로 사람이 뛰어오는 게 보였다. 먼 거리였지만 이하은이라는 걸 한눈에 알 수 있었다. 그 애는 운동장으로 들어와 걸음을 멈추고 고개를 이리저리 둘러보았다. 나는 스탠드에서 일어나 그쪽으로 걸어갔다. 이하은과 나 사이의 거리가 한 걸음 남았을 때 나는 멈췄다.

　이하은은 놀랐는지 나를 보고도 아무 말 하지 않았다.

　"경비 아저씨가 나가라고 해서, 여기 있었어."

　"왜 아직도 있는 거야?"

　"기다리라며."

"그렇다고 아직까지 기다리고 있으면 어떡해."

"내가 기다리겠다고 했으니까 기다린 것뿐이야."

이하은은 고개를 숙이고 긴 숨을 내뱉었다. 그렇게 한참을 가만히 서 있다가 입을 열었다.

"미안해, 많이."

나는 말없이 고개를 저었다. 화도 나지 않았고 짜증도 나지 않았다. 내게 사과할 이유가 없었다.

"좀 앉자."

"미안. 이렇게 늦을 줄 알았으면 기다리라고 하지 말았어야 했는데."

나는 고개를 저었다. 무슨 말을 해야 할지 알 수 없어 모래 바닥만 봤다. 이하은 역시 바닥을 보며 말을 이었다.

"계속 생각은 했는데, 갈 수가 없었어."

나는 고개를 끄덕이고 생각했다. 한 사람이 나를 생각하고 있었다는 것에 대해서.

누군가가 나를 생각하고 있는 것과 생각하고 있지 않은 것은 내 세계에 어떤 차이를 줄까? 이 아이가 나를 생각하고 있었을 때, 아마 나도 이 아이에 대해 생각하고 있었을 것이다. 서로가 서로에 대해 생각한다는 건 좋은 일인 걸까?

"그냥 가지 그랬어."

"넌 어떻게 생각했어?"

"뭘?"

"내가 갔을 거라고 생각했어?"

"응."

"근데 왜 왔어?"

"혹시나 기다릴 수도 있으니까."

혹시나, 만약에. 우리가 기대기에는 무척 불안정한 단어지만 때로는 한 사람의 세계에 손을 내밀어주기도 한다.

"너였으면 어떻게 했을 거야?"

"기다리는 사람에 따라 다르지 않을까?"

"그게 나라면?"

"기다려야지, 네가 기다려줬으니까."

"왜? 그건 상관없잖아. 내가 선택한 거야. 내가 기다리지 않았다면 넌 어땠을 것 같아?"

"글쎄."

"신경 쓰지 마. 내가 널 기다리기로 한 거니까."

나는 그날 처음으로 시간이라는 것이 느리게 가기도 한다는 것을 알았다.

6장

반성문

알아도 그만 몰라도 그만인 것들을 체육 시간에 배우고 교실로 돌아왔다. 너무 피곤했기 때문에 자리에 앉자마자 엎드렸다.

정신이 조금씩 옅어질 때쯤 옆에서 소란스러운 소리가 들렸다. 이어폰을 낄까 생각하고 몸을 일으켰는데 강별이 심각한 얼굴로 고개를 이리저리 움직이고 있었다. 그리고 주변의 몇몇 애들도 같이 고개를 두리번거렸다. 뭘 찾는지 알 수 없었지만 나는 이어폰을 끼고 엎드리려고 했다. 그러자 강별이 다급하게 날 잡았다. 나는 이어폰을 빼고 쳐다봤다.

"혹시, 내가 차고 있던 목걸이 못 봤어?"

"못 봤어."

다시 엎드리려고 하는데 종이 울렸다. 나는 한숨을 쉬고 책상 서랍에 있는 교과서를 꺼내려고 손을 넣었다. 그런데 딱딱한 물건이 손등에 닿으면서 바닥으로 떨어졌다. 목걸이였다.

강별의 목걸이를 찾아주고 있던 여자 애들은 떨어진 목걸이를 보고 소스라치게 놀라며 호들갑을 떨었다.

"뭐야? 왜 목걸이가 반윤환 서랍에서 나와?"

그 말을 듣자마자 강별은 몸을 돌려 떨어진 목걸이를 순식간에 주웠다. 나는 그게 왜 내 책상 서랍에 있는지 전혀 아는 바가 없었다.

"야, 반윤환, 뭐야? 왜 목걸이가 네 서랍에서 나오는데?"

강별의 친구였다. 나는 상대하고 싶지 않아 아무 대꾸도 하지 않았다.

"네가 훔친 거야? 말 못 하는 거 보니까 그런가 보네?"

"나한테 묻지 마. 관심 없으니까."

"네 자리에서 나왔잖아!"

목소리가 크면 이긴다는 것처럼 그 애는 목청을 높였다. 그 소리에 반 애들이 모두 이쪽을 쳐다보기 시작했다.

"주인이 똑바로 챙겼어야지."

"뭐? 네가 훔쳐놓고 주인이 잘못했다는 거야?"

"내가 훔쳤다고 한 적 없어. 그리고 별로 중요하지 않으니까 잃어버리고 다니는 거겠지."

"뭐?"

옆에 있던 강별이 가라앉은 목소리로 물었다.

"그렇게 중요하면 똑바로 챙기든가. 잃어버리고 나서 신경 쓰는 척하지 말고."

나는 붉어진 강별의 눈을 똑바로 보고 말했다.

"너한테 소중한 거면 똑바로 지켜. 나한테는 아무 짝에도 쓸모없는 물건이니까."

"뭐라고 했어?"

"나한텐 아무 쓸모도 없다고."

"너랑 상관없는 물건인 거 아는데, 꼭 말을 그렇게 해야 해?"

"너한테 소중한 물건이라는 이유로 다른 사람 귀찮게 만들지 말라고."

"그냥 모르겠다고 하면 되는 거잖아. 그러면 끝날 일이잖아."

"그렇게 말하면 네 옆에 있는 애들이 믿을까?"

"야, 뭐라고?"

방금 전 목소리를 높이던 애가 다시 끼어들어 소리쳤다.

결국 강별은 내 앞에서 눈물을 보였다. 나는 신경 쓰고 싶지 않아 다시 엎드리려고 했다. 하지만 이번 시간 담당인 담임이 들어와 무슨 일이냐며 나를 노려보다가 수업 끝나면 둘 다 내려오라고 소리쳤다.

수업이 끝나고 교무실로 내려갔다. 금방 강별도 교무실로 들어왔다. 담임은 강별과 나를 한 번씩 쳐다보고 물었다.

"무슨 일이야?"

"별일 아니에요. 장난치다가 그렇게 됐어요."

담임은 캐물었지만 강별은 장난치다가 그렇게 됐다는 말로 일관했다. 결국 담임은 묻는 것을 포기하고 오늘 수업이 끝나면 다시 찾아와 반성문 종이를 받아 가라고 했다.

종례가 끝나고 반성문 종이를 받아 교실로 돌아왔다. 여자 애들이 한쪽에 모여서 나를 노려보고 있었고, 구석에서는 지나루가 안절부절못하는 얼굴로 서 있다가 밖으로 나갔다. 잠시 후 강별이 들어오자 여자 애들은 기다렸다는 듯이 강별에게 몰려들어 나를 험담하다가 밖으로 나갔다.

교실이 텅 비고 강별과 나만 남았다. 나는 펜을 들고 종이를 뚫어져라 쳐다봤다.

반성문. 내가 잘못한 것에 대해서 구체적으로 서술해야

할 종이가 눈앞에 있었다. 나는 내가 무엇을 잘못했는지 생각했다. 심한 말을 했던 게 잘못된 걸까, 아니면 그런 말을 하도록 만든 오류투성이인 내 삶이 문제였던 걸까. 막상 내 잘못에 대해서 생각하려고 하니, 어디서부터 해야 할지 막막했다.

대체 어디서부터 잘못된 걸까? 어머니가 날 버리고 가버렸을 때부터였을까, 처음으로 옆에 있고 싶었던 사람이 내 옆에 있을 수 없다는 것을 알게 됐을 때부터였을까, 혹은 내가 했어야만 했던 행동을 하지 않았을 때부터였을까? 알 수 없었다. 나라는 존재가 어디서부터 꼬여버린 것인지.

"왜 항상 그렇게만 말하는 거야?"

"뭐가."

"왜 늘 그렇게 차갑게만 얘기해?"

"그거 너한테 소중한 거야?"

"소중해."

"그런 거면 똑바로 지켜. 한번 잃어버린 건 돌아오지 않으니까."

강별이 내 눈을 쳐다보았다.

그때 교실 뒷문이 드르륵 소리를 내며 열렸다. 윤건이었다. 그 애는 강별 책상 위에 음료수를 놓고 말했다.

"괜찮아?"

"응, 아직 안 갔어?"

"너 괜찮나 해서. 이제 가볼게. 무슨 일 있으면 연락해."

"고마워."

윤건이 미소를 지어 보이고 밖으로 나갔다.

"뭐라고 쓸 거야?"

"아까 있었던 일 그대로."

"굳이 그래야 해?"

"그러면 내가 뭐라고 써야 하는데?"

"그냥 장난치다가 그렇게 됐다고 하면 조용히 끝나잖아."

"그러면 목걸이는 또 사라지고 난 아무 이유 없이 반성문을 써야겠네."

"무슨 말이야?"

"정의감 넘치는 네 친구들한테 물어봐."

"그런 애들 아니야."

"그런 애들? 그런 애들이 뭔데? 아무 생각 없이 보이는 대로만 믿으면서 그걸 정의라고 떠드는 애들?"

"그런 애들 아니라니까."

"그럼 내가 여기서 왜 이걸 쓰고 있을까?"

강별은 숨을 길게 내뱉고 반성문으로 고개를 돌렸다.

나는 반성문에 오늘 있었던 일을 간략하게 적어 담임에게 가지고 갔다.

담임은 내가 쓴 반성문을 읽고 말했다.

"별이 데리고 와."

모든 게 귀찮았지만 여기서 가버리면 더 귀찮은 일이 벌어질 수 있었다. 교실로 올라가 강별에게 내려오라고 말하고 나도 교무실로 다시 갔다.

강별이 내려오자마자 담임이 물었다.

"여기 적힌 거 사실이야?"

"네."

"왜 사실대로 말 안 했어?"

"죄송해요."

"무슨 목걸이야?"

강별은 대답을 꺼리다가 말했다.

"아빠가 선물로 주셨던 거예요."

"네가 훔친 거 아니지?"

"예."

"그러면 오늘은 일단 가고 내일 얘기하자."

"네, 죄송해요."

나는 아무 대답도 하지 않고 교무실에서 나와 바로 아르바이트를 갔다. 그날 지나루는 편의점에 오지 않았다.

조회 시간에 담임은 모두에게 자그마한 종이를 나눠주고 무기명으로 반장의 목걸이와 관련되어 아는 것이 있다면 적어 내라고 했다. 나는 적을 게 없어서 빈 쪽지를 그대로 내고 엎드렸다.

점심시간이 되어 밥을 먹으러 갔다. 자리에 앉자 어디선가 지나루가 나타나 내 앞에 앉았다. 그 아이는 조심스러운 얼굴로 나와 식판을 번갈아가면서 쳐다봤다. 나는 숟가락을 내려놓고 말했다.

"나라고 생각하면 굳이 안 와도 돼."

"너라고 생각 안 해. 내가 여기 앉으면 안 좋아할까 봐."

"아니야."

"나 때문에 이런 거면 어떡해? 나 때문에 네가 불행해지고 있는 거라면?"

"무슨 말도 안 되는 소리야."

"나 때문인 것 같아."

"그런 거 아니야. 그냥 내가 다르다는 이유 때문에 그런 거야."

지나루는 끝까지 조심스러운 얼굴로 나를 봤다.

종례 시간이 됐지만 담임도 강별도 오지 않았다. 반 애들이 담임에 대해서 수군거리고 있을 때 윤건이 교실로 들어왔다. 그 애는 곧바로 내 쪽으로 다가와 말했다.

"선생님이 부른다."

나는 별다른 대꾸 없이 자리에서 일어나 교실을 나왔다. 윤건이 뒤따라 나왔는지 뒤에서 날 부르는 소리가 들렸다.

"야, 반윤환."

"왜."

"너 별이랑 친하냐?"

"아니."

"생각도 안 하고 말하는 거 보니까 친한가 보네."

"생각할 필요가 없을 정도로 아무 사이가 아닌 거야."

"뭐가 그렇게 무서워? 내가 너라면 다가오는 사람들한테 그런 식으로 행동하진 않아."

"무서운 게 아니야."

"늘 혼자 있으려고만 하잖아."

"잡고 싶은 게 너무 커서 다른 것까지 잡고 있을 여유가 없는 거야. 그리고 혼자 있는 건 너도 다를 거 없잖아."

"내가? 어딜 봐서?"

"그걸 왜 나한테 물어."

윤건이 잠시 나를 빤히 보다가 짧게 웃었다.

"들켰네. 네 말이 맞아. 나를 제대로 알고 다가오는 사람은 몇 없어. 그저 애랑 있으면 손해 볼 건 없겠다, 뭐 그런 생각으로 다가오는 거니까. 그런 애들이랑 어울리다 보면 자연스럽게 거리를 두게 되지."

"난 너처럼 살고 싶지 않아."

"그럼?"

"잘 알지도 못하는 사람한테 관심 없어. 내 사람 지키는 것만으로도 벅차니까."

"네 사람이 있긴 있어?"

"있어."

"의외네? 그럼 만약 네 사람을 지키려다 다른 사람들이 다친다면 어떡할 거야?"

"어쩔 수 없지."

"다친 사람들도 누군가에게는 소중한 사람들이야."

"그럼 그 사람들이 똑바로 지켰어야지. 그 사람들 소중한 것까지 내가 신경 써야 해?"

"네가 지키고 싶다는 사람도 그런 걸 원해?"

"원하지 않겠지. 책임감이 강한 애니까. 그렇다 해도 그 사람만은, 어떻게든 살리고 싶은 거야."

윤건은 더 이상 아무 말도 하지 않았다.

니는 교무실로 내려갔다. 교무실에는 강별도 있었다.

내가 다가가자 담임은 적대적인 얼굴로 말했다.

"반윤환, 마지막으로 물어본다. 네가 정말로 안 훔쳤어?"

묻고 있는 게 아니었다. 이미 확신에 차 있었고, 그 질문은 그저 내가 거짓말을 하는지 안 하는지 확인하겠다는 투였다. 대답할 가치를 느끼지 못했지만 그렇다고 대답했다.

"계속 거짓말할 거야? 조회 시간에 받았던 쪽지에서 지금 몇 명이 네가 훔친 걸 봤다고 적었는지 알아?"

딱히 놀랍지 않았다. 충분히 그럴 수 있는 애들이었기 때문이다.

"이런데도 네가 정말 안 훔쳤다고?"

나는 아무 대답도 하지 않았다.

"선생님이 물어보잖아. 안 들려? 대답 안 해?"

"대답하면 뭐가 달라지는데요."

"뭐라고?"

담임은 교무실이 떠나가라 소리를 질렀다.

"너 핸드폰으로 어머니한테 전화드려, 지금 당장!"

"선생님, 윤환이가 그런 거 정말 아니에요."

"별이는 네가 안 훔쳤다고 계속 감싸는데 넌 조금도 반성하는 기미가 없잖아. 뭐? 대답하면 뭐가 달라지는데요? 무슨 말버릇이야? 빨리 어머니한테 전화드려!"

나는 담임을 똑바로 보고 말했다.

"그런 사람 없어요."

"뭐라고?"

"어머니 없다고요."

"네가 훔친 거 맞잖아!"

"경찰에 신고하세요."

"뭐?"

"제가 훔친 게 맞으면 경찰에 신고하세요. 그럼 가볼게요."

담임은 기가 막힌다는 얼굴로 나를 쳐다봤다. 나는 그 얼굴을 무시하고 교무실을 빠져나왔다. 내가 범인으로 몰린 것에 대해서 별다른 동요는 없었다. 그저 귀찮을 뿐이었다.

교실로 들어가 자리에 앉아 눈을 감았다. 여기저기서 나를 두고 수군거리는 소리가 들렸다.

"역시, 범인일 줄 알았어."

"아까 적길 잘했다."

"진짜 뻔뻔하지 않냐."

솔직히 말해 나는 어떤 분노도 느끼지 않았다. 그저 신기했다. 이들이 어떤 말까지 아무렇지 않게 쏟아낼 수 있을지.

나는 가방을 들고 교실에서 나왔다. 계단을 다 내려왔을 때 누가 내 팔을 붙잡았다. 고개를 돌리니 강별이 서 있었다.

"미안해."

"네가 뭐가."

"이렇게까지 될 줄 몰랐어."

"네가 미안해할 필요 없어. 네 주변 사람들이 대단한 거니까. 네가 잘못한 건, 네가 소중하다고 생각한 걸 너무 쉽게 잃어버린 것뿐이야, 무책임하게."

"그러니까 미안해."

"다른 사람들한테 오지랖 부릴 시간에 너나 신경 써. 소중한 거면, 아무나 쉽게 건드리지 못하게 하라고. 쉽게 건드릴 수 있게 해놓고 사라졌다고 징징거리지 말고."

강별은 고개를 떨어뜨리며 잡고 있던 내 팔을 놓았다. 나는 몸을 돌려 집으로 걸어갔다.

아르바이트를 하는 중에 문득 내가 한 말이 떠올랐다. "그런 사람 없어요."

초등학교 이후로 난 그 사람을 찾지 않게 됐다. 보고 싶다고 생각하지도 않았다. 그 사람에 대해 내게 얘기하는 사람이 없었기 때문에 떠올릴 필요도 없었다. 그래서 완전히 잊어버린 사람이라고 생각했다. 그런데 오늘 내가 한 대답 때문에 마음이 혼란스러웠다. 오랜만에 실감이 났다. 내겐 어머니가 없다는 것이.

편의점 일을 끝내고 집으로 걸어가면서 노래를 들었다. 아무 생각도 하고 싶지 않았다.

문득 누군가 내 앞을 가로막아 고개를 드니 이하은이 서 있었다. 그 아이는 특유의 미소를 짓고 말했다.

"안녕."

"응."

"공원 가자."

그대로 뻗어버릴 만큼 피곤했지만 나는 말없이 고개를 끄덕였다.

늦은 밤이라 공원에는 아무도 없었다. 상당히 넓은 공원이었고, 가로등이 곳곳에 있어 어둡게 느껴지지 않았다.

이하은은 구석에 네 개가 나란히 연결된 벤치로 갔다. 그리고 벤치에 누우면서 내게도 누우라고 했다. 벤치에 눕자 그 아이의 머리가 내 머리에 닿았다. 아마도 지금 우린 연결되어 있었다. 하늘을 보니 검은 천장에 동전이 몇 개 박힌 것처럼 별이 반짝였고 커다란 보름달도 떠 있었다.

시간이 얼마만큼 지났을까. 이하은과 있을 때는 시간을

가늠할 수 없었다. 5분이 지났다고 생각하고 시계를 보면 한 시간이 지나 있었다.

"환아."

그 아이가 말했다. 내 이름을 부르는 것뿐이었지만 그 목소리는 달콤했다. 손으로 잡을 수만 있다면 내 귀에다 가져다 놓고 매일 듣고 싶었다.

"응."

"날 좋아하고 있어?"

나는 검은 하늘에 떠 있는 별 하나를 바라보다가 메마른 목소리로 말했다.

"난 널 좋아할 자격이 없어."

"우리가 다르게 만났다면 좋았을걸."

그 말은 꼭 이렇게 들렸다. 이번 생에 만난 건 실수였다고, 그래서 다음 생에 다르게 만났으면 한다고. 이하은은 다시 물었다.

"내가 너한테 잘못하고 있는 걸까?"

"아니."

"다행이야. 우린 계속 이렇게 만나게 될까? 그러면 난 널 절대로 잃어버리지 않겠지?"

"응."

모든 걸 솔직하게 말하고 싶었다. 네가 사라질 때마다 내가 크게 상처받고 있다고, 그러니까 옆에 있어달라고. 하지만 난 그 아이의 말에 어떤 거절도 할 수 없었다.

이하은이 이런 만남을 유지하고 싶다면 난 그렇게 해야만 했다. 내 옆에 있어달라고 떼를 썼다가는 영영 나를 떠나버릴 수도 있었다.

이하은과 나는 더 이상 아무 말도 하지 않았다. 그저 서로가 연결되어 있음을 느꼈다. 욕심인 걸 알았지만 나는 이 시간이 끝나지 않길 바랐다.

깨끗한 밤하늘 아래에서 그 아이와 머리를 맞대고 누워 있으니, 행복했다. 나는 하늘에 떠 있는 별들을 눈으로 좇았다. 그 별들이 조금씩 흐릿해지더니 이내 검어졌다.

언제 잠이 들었는지 알 수 없었다. 나는 깜빡인 것처럼 자연스럽게 눈을 떴다. 검은 천장에 달이 떠 있었다.

나는 몸을 일으켜 세웠다. 텅 빈 벤치 위에 쪽지가 놓여 있었다. 나는 곧바로 그것을 펼쳤다.

다음에 보자, 우연히.

언제 읽어도 나를 먹먹하게 만드는 문장이었다. 솔직히

자신이 없었다. 이하은과 다음이란 게 있을지. 나는 다시 고개를 들어 밤하늘을 봤다. 검은 하늘이 무척 넓게 느껴졌다.

담임은 조회 시간에 내가 목걸이를 훔치지 않았다고 반 애들에게 대충 전했다. 누구도 그 얘기에 귀를 기울이지 않았다.

나는 창밖으로 고개를 돌렸다. 이 학교가 전혀 신경 쓰이지 않았다. 머릿속에는 온통 이하은만이 가득 차 있었다.

나는 학교가 끝날 때까지 수천 번 그 아이와의 만남을 되풀이했다. 떠올릴 때마다 더 세세하게 떠올리려고 노력했다. 그때 그 아이의 목소리가 어땠고, 어떤 향기가 났고, 내가 어떤 감정이었는지.

편의점에 도착하고 몇 분 지나지 않아 지나루가 나타났다. 그 아이는 여느 때처럼 몇 가지 패스트푸드를 먹었다.

나는 눈을 감고 불안정하게 흔들리는 내 안을 들여다보았다. 아무것도 보이지 않았지만, 분명 알 수 없는 뭔가가 내 안에서 계속 파동을 만들었다. 나는 크게 숨을 내쉬고 정신을 가다듬었다.

얼마 후 문 열리는 소리에 눈을 뜨니 강별이 내 쪽으로 걸어오고 있었다.

과거

"환아, 오늘 마지막이니까 나 학원 끝나면 정리할까?"

나는 고개를 끄덕였다. 이하은은 시간을 정해주고 자신의 집 앞에서 보자고 했다.

귀찮게만 느껴졌던 숙제였는데 벌써 마지막이었다. 나는 집으로 돌아가 그 아이가 말했던 시간이 되길 기다렸다.

전에도 느꼈던 거지만 기다리는 시간은 천천히 갔다. 나는 조금 더 이른 시간에 그 아이의 집 앞으로 갔다. 해가 지고 어둡던 골목에 가로등이 비추자 이하은이 나타났다.

"어? 벌써 와 있었어?"

"방금 왔어."

이하은은 단독주택에 살았다. 집 앞에는 계단이 있었고 계단을 오르면 기다란 길이 나있다. 그 아이는 가방을 내려놓고 내 옆에 앉았다.

"근데 숙제 어떡하지?"

"왜?"

"분명 널 더 잘 알게 됐는데, 선생님한테 뭘 적어서 내야 할지 모르겠어."

"담임이 원하는 건 눈에 보이는 것들뿐이니까."

"그럼 이젠 생각이 바뀐 거야?"

"어떤 생각?"

"왜 사람들에게 다가가야 하는지 알게 된 거야?"

"응, 알게 됐어."

"그럼 너는 내 곁을 떠나지 않겠지? 친구가 됐으니까."

"응, 안 떠나."

이하은은 고개를 끄덕이다가 살짝 고개를 숙여 계단을 봤다. 어떤 생각에 골똘히 빠져 있어 보였다. 혼자 있고 싶어 하는 것 같아서 나는 자리를 피하려고 했다.

"나 이제 가볼게."

내가 계단에서 일어서려고 하자 이하은이 내 팔을 잡았다. 손이 새하애질 정도로 강하게 잡고 있었다.

"환아."

"왜?"

고개를 든 이하은의 눈에 눈물이 고여 있었다. 마음의 준비가 필요한 듯 그 아이는 몇 번 숨을 내뱉고 한참 내 눈을 바라보다가 말했다.

"그때 나한테 물었잖아? 죽기 위해 살아간 적 있냐고."

"응."

"만약에…… 만약에 우리 아빠가 범죄자라면 넌 어떡할 거야?"

나는 이하은이 한 말을 생각했다. 이 아이의 아버지가 범죄자라면 난 어떨까? 아무리 생각해봐도 나오는 결론은 하나였다. 그게 무슨 상관일까.

"그게 어쨌다는 거야?"

"그러니까, 내가 범죄자의 딸이라고. 무섭지 않아? 혐오스럽지 않아?"

그 아이의 눈에서 눈물이 흘러내렸다.

"아무렇지도 않아. 그게 무슨 상관이야?"

이하은은 눈물을 닦아내고 애써 미소를 지었다.

"전에 다니던 학교에선 친구들이 전부 날 떠났어."

"난 안 떠나. 나도 집안이 이상해. 엄마가 없어. 다른 남자랑

도망갔거든."

그 아이는 나를 가만히 바라보다 내게 기대 울었다.

이하은의 아버지는 한 여자를 성폭행했다. 분명 그 범죄는 이하은의 아버지가 저지른 일임에도 그 대가는 이하은에게까지 쏟아졌다. 친구들은 모두 혐오스럽다며 그 애를 외면했고, 부모님이 이혼하면서 결국 할머니에게 맡겨졌다. 그 일로 이하은은 부모와 친구를 잃었다.

이야기를 들으면서 나는 마음이 아팠다. 모두에게 외면당하는 그 아이의 모습이 그려지자 화가 나기도 했다.

"그래서 이곳으로 전학 오면서 일부러 더 사람들한테 다가가려고 노력했어. 내가 그렇게라도 하지 않으면 정말로 잘못한 것만 같았으니까. 난 떳떳하니까."

"넌 아무 잘못도 안 했어."

나는 알 수 없었다. 이하은의 아버지가 한 사람의 삶을 파괴한 것과 아무 잘못도 하지 않은 이하은의 삶을 파괴한 사람들의 차이를.

그 아이가 나를 껴안았다. 그때 나는 처음으로 알았다. 내가 이하은을 좋아하고 있다는 것을. 그리고 그 순간 다짐했다. 그 아이를 절대로 떠나지 않겠다고. 다시는 혼자가 되게 내버려두지 않겠다고.

7장

소문

강별이 편의점으로 들어와 곧장 내 쪽으로 다가왔다.

"얘기 좀 하자."

"일하고 있는데."

"기다릴게."

"방해돼."

"그럼 나가서 기다릴게."

"알아서 해."

강별은 밖으로 나가 편의점 앞에 서 있었다.

지나루는 걱정스러운 얼굴로 날 쳐다봤지만 아무 말도 하지 않았다. 그리고 늘 가는 시간에 밖으로 나가 강별과 얘기를 하다가 갔다. 나는 혼자 남아 있는 강별을 보다가 고개를 돌렸다.

아르바이트가 끝나고 밖으로 나오자 강별이 다가왔다.

"내 친구들이 오해한 거 대신 사과할게, 미안해."

"넌 왜 그렇게 사과가 쉬워?"

"무슨 소리야?"

"네가 잘못하지도 않고 왜 늘 네가 사과하냐고."

"넌 왜 그렇게 완고한 건데? 좀 봐주고 넘어가면 안 돼? 이렇게까지 사과하고 있잖아."

"넌 편하겠다. 상대방이 사과 안 받으면 화내면 되고."

내게 잘못을 했건 하지 않았건 솔직히 말하면 그런 건 그다지 중요하지 않았다. 누구를 쉽게 용서할 수 없는 이유는 간단했다. 그들을 용서하게 되는 순간 얼렁뚱땅 나도 모르게 나를 용서하게 될까 봐, 그게 두려웠다.

"사과 받아주면 안 되는 거야?"

"받을 생각 없어."

나는 종일 날 기다린 강별을 쳐다보지 않고 지나쳐 갔다. 그리고 이제 완전히 끝난 것이라고 생각했다.

얼마쯤 갔을 때 편의점에 책을 두고 온 것이 생각나 다시 발길을 돌려야 했다. 근처에 도착하니 아직 강별이 서 있는 게 보였다. 울고 있는 것 같았다. 나는 몇 걸음 떨어진 곳에서 ㄱ 애를 ㅂ았다. 이상하게두 마음의 동ㅇ가 왔다. 나와 비슷한 상황을 감당해내고 있는 사람에 대한 동질감인 걸까. 책을 가지러 갈 마음이 사라졌다. 나는 발걸음을 돌렸다.

다음 날, 강별은 아무 일도 없었다는 듯이 학교에서 반 애들과 웃으며 얘기를 했다. 왜인지 어제 울고 있던 그 아이의 모습이 눈앞에서 맴돌았다. 난 그 모습을 없애기 위해 엎드렸다.

잠을 잤다고 하기도 자지 않았다고 하기도 애매한 상태로 계속 엎드려 있는데 누가 내 몸을 흔들었다. 몸을 일으키자 윤건이 보였다. 점심시간인지 교실에 다른 애들은 없었다.

"야, 반윤환."

"왜."

"넌 네 사람은 어떻게든 지킨다고 했지?"

"그런데?"

"그럼 별이 그만 힘들게 해."

"할 말 다한 거야?"

"똑바로 들어. 난 강별 좋아하거든. 그러니까 내 사람 건드리지 마."

"네 사람이면 네가 똑바로 지켜. 나한테 와서 징징거리지 말고."

"뭐?"

"네가 똑바로 지키라고. 내 알 바 아니니까."

난 더 이상 할 말이 없었기 때문에 점심을 먹으러 가려고 자리에서 일어났다.

"별이가 요즘 자주 울어. 근데 내 생각에 너 때문인 것 같거든."

"네가 이러는 거 알면 걔 더 힘들어할 거 같은데?"

윤건은 나를 싸늘하게 노려봤다. 나는 무시하고 급식실로 내려갔다.

급식을 받는데 지나루가 혼자 앉아 있는 게 보였다. 나는 그 앞으로 가 앉았다. 지나루는 커다란 눈을 더 크게 만들어 나를 쳐다봤다.

"그때 영화 못 봤던 거, 이번 주에라도 볼래?"

"정말?"

"네가 시간 괜찮다면."

"괜찮아, 시간 엄청 많아!"

나는 주말에 약속을 잡았다.

나는 약속 시간보다 일찍 도착했지만 지나루는 이미 도착해 있었다.

"안녕, 진짜 왔구나!"

이번에도 오지 않을 거라고 확신하고 있던 모양이었다.

"가자."

그 아이는 이미 영화 티켓까지 예매했고, 영화는 20분 후 시작이었다. 미리 영화관에 들어갔는데 이른 시간이라 그런지 사람이 거의 없었다. 광고가 끊임없이 이어지다가 영화가 시작됐다. 영화는 처음부터 끝까지 지루하고 뻔했다.

영화관에서 나왔지만 아직 아르바이트를 가기엔 시간이 남아 있었다.

지나루가 기지개를 쭉 펴고 말했다.

"배고프지?"

나는 고개를 끄덕였다.

"그럼 밥 먹으러 가자."

"뭐 먹고 싶어?"

"편의점 가도 돼?"

나는 나쁘지 않다고 생각했다.

지나루는 근처에 있는 널찍한 편의점을 가리켰다. 편의점 안으로 들어가자 그 아이는 익숙하게 샌드위치 진열장을 살펴봤고, 난 컵라면 진열장으로 갔다. 지나루는 샌드위치와 오렌지 주스를, 나는 컵라면과 삼각김밥을 들고 왔다.

"같이 계산이요?"

점원이 물었다.

항상 내가 하던 말을 들으니 기분이 묘했다. 생각해보면 편의점에서 일을 시작하고 다른 편의점에 가본 기억이 없었다. 계산을 하려고 현금을 내미는데 지나루가 자기 카드를 내밀며 말했다.

"같이 해주세요."

나는 그 카드를 밀어내고 현금으로 계산을 했다.

"내가 사야 하는데."

옆에서 지나루가 중얼거렸다.

"그런 게 어디 있어. 영화도 네가 냈잖아. 근데 늘 편의점 음식 먹는 거 같다?"

"응, 익숙해져서. 식당에 혼자 가면 일하는 사람들이 눈치 주고 그래서 편의점만 다녔거든."

"뭐 먹고 싶은 거 있으면 말해. 같이 가줄게."

"정말?"

"말도 안 되게 비싼 곳만 아니면."

지나루는 기분이 좋아졌는지 몸을 이쪽저쪽으로 움직였

다. 나는 그 모습을 보다가 익은 컵라면을 먹었다.

빨리 먹는 게 습관이 돼서 순식간에 컵라면과 삼각김밥을 다 먹었다. 지나루는 아직 샌드위치를 하나도 다 먹지 못한 상태였다. 그 아이는 남은 한 조각을 내게 내밀었고, 나는 거절하지 않고 그것도 빠르게 먹어치웠다. 음식을 다 먹고는 무의식적으로 테이블 위를 깔끔하게 치웠다. 시계를 확인하니 아르바이트에 가야 할 시간이었다.

내가 일하는 편의점으로 가자 지나루는 익숙한 테이블에 앉아 책을 읽기 시작했다.

7시가 지나자 지나루가 카운터로 와서 말했다.

"나 가볼게."

나는 고개를 끄덕였다.

"오늘 진짜 고마웠어."

나는 고개를 저었다.

지나루는 미소를 짓고 밖으로 나갔다. 나는 창밖으로 멀어져가는 그 애를 보았다. 잠시 후 지나루가 몸을 돌려 두 손을 흔들며 다시 인사를 했다. 나도 모르게 미소가 지어졌다.

학교에 나가자마자 잠을 잤다. 뭐가 어떻게 되든 상관없을 정도로 피곤했다.

4교시가 끝나고 지나루와 같이 밥을 먹는데 이상하게 불안한 모습을 보였다. 밥을 먹는 것도, 얘기를 하는 것도 제대로 하지 못했다.

"왜 그래?"

"어?"

"왜 그렇게 안절부절못하고 있어?"

"그게……"

"뭔데?"

"반 애들이 얘기하는 거 들었어?"

"아니, 관심 없어."

"미안해."

"무슨 일이야?"

지나루는 더 기죽은 얼굴로 고개를 숙이고 머뭇거렸다.

"무슨 일인데, 말해봐."

"아니야."

나는 더 이상 물어보지 않았다.

교실로 올라가자 지나루가 말했던 것처럼 반 애들이 나를 이상한 눈으로 보며 수군거리고 있었다. 나는 딱히 관심을 보이지 않고 자리에 앉았다.

강별 옆에서 늘 시비를 걸어오던 여자 애가 내 쪽으로 와 말했다.

"더러워."

내가 관심 없는 얼굴로 있자 그 애는 바퀴벌레를 보듯 나를 보며 다시 말했다.

"지나루랑 사귄다며? 끼리끼리 잘 사귀네?"

나는 아무 대답도 하지 않았다.

"지나루랑 잤다며? 진짜 더럽다."

반 애들이 지나루와 나를 두고 하는 말이 짐작이 갔다. 또 다른 말들이 있겠지만 중요한 것은 다 들었다. 누가 이런 말을 늘어놓았는지 궁금하지도 않았다.

"무슨 일이야?"

강별이 이쪽으로 다가오며 물었다.

"별아, 소문 들었지?"

"무슨 소문?"

"애, 지나루랑 사귄대. 진짜 끼리끼리 사귀지 않냐?"

"소문이잖아. 그리고 사귄다고 해도 그게 뭐 어쨌다는 거야?"

그 여자 애는 강별 옆으로 바짝 다가가 귀에 대고 말했다.

"둘이 잤대."

귀에 속삭이는 것처럼 말하고 있었지만 내 귀에도 선명하게 들렸다.

"그런 말 하지 마."

"뭐?"

"왜 그런 말을 해?"

"뭐야, 그 반응? 쟤네 편드는 거야?"

"편드는 게 아니잖아."

"그럼 내가 잘못했다는 거야?"

그 여자 애는 자신은 살면서 단 한 번도 잘못을 해본 적이 없다는 얼굴을 하고 있었다.

"그만하자."

강별의 말에 그 애는 더 쏘아붙이려고 입을 열었다가 종이 울리는 소리를 듣고 자리로 돌아갔다. 나는 이제 자면 된다고 생각하고 엎드리려는데 강별이 물었다.

"나루랑 친해?"

"왜."

"왜 나한테는 그렇게만 말해?"

"너한테만 그러는 거 아니야."

"나루한테는 안 그러잖아."

"친구가 됐으니까."

"난 친구가 될 수 없는 거고?"

"그게 서로한테 더 나아."

"뭐가 더 나아? 이렇게 매일 싸우면서 지내는 게 더 나아?"

"그럼 나랑만 싸우면 되니까."

"너랑 싸우고 싶지 않으니까 말하는 거잖아."

"무시해. 그러면 너랑 나랑 싸울 일은 없어."

강별은 나를 쳐다보다가 고개를 돌렸다.

멋대로 만들어낸 소문은 결국 당사자에게 상처를 주기 위한 행동이었다. 하지만 그 당사자가 신경을 쓰지 않으면 조용해질 수밖에 없었다.

나는 똑같이 아르바이트를 하면서 지나루와 꽤 많은 시간을 보냈다. 그 아이가 먹고 싶어 하는 것을 먹으러 갔고, 가보고 싶다는 곳을 갔다. 가보고 싶어 한 곳은 특별한 데가 아니었다. 노래방, 오락실 같은 주위 애들이 흔하게 가는 곳이었다.

그렇게 조금씩 일상이 달라지고 있을 즈음 모르는 번호로 전화가 걸려왔다. 내 번호를 아는 사람이 거의 없었기 때문에 나는 한참 동안 핸드폰을 바라볼 수밖에 없었다.

진동이 대여섯 번 울리고 전화를 받았다.

"누구세요?"

"나루 알지? 나 나루 엄만데."

그때 학교에 찾아왔을 때의 목소리와 비슷하긴 했다. 나는 최대한 예의를 갖추고 말했다.

"예, 안녕하세요."

"전화로 말하는 건 좀 그렇고, 언제가 시간 괜찮니?"

나는 아르바이트를 가기 전에 시간이 있다고 적당히 대답하고 약속을 잡았다.

지나루의 어머니인지 확신할 수는 없었지만 일단 정해진 장소로 시간에 맞춰 갔다. 나를 어떻게 알았는지, 내 핸드폰 번호는 어떻게 알았는지 무엇 하나 짐작이 되지 않았다.

약속 장소에는 생각보다 일찍 도착했다. 조용한 카페였다. 나는 구석진 자리로 들어가 시간이 되길 기다렸다. 그리고 약속 시간이 10분 정도 지났을 때 지나루의 어머니가 들어왔다.

과거

지금까지는 해가 바뀌고 학년이 올라가는 것이 큰 의미가 없었다. 달라질 게 아무것도 없었기 때문이다. 하지만 열다섯이 된 지금 나는 전에 없는 큰 변화를 느꼈다. 이하은과 같은 반이 되지 않은 것이다. 분명 같은 학교였으므로 같은 반이 아니어도 그리 큰 문제는 아니라고 생각할 수 있었다. 하지만 내게는 그 무엇보다 큰일이었다. 학교가 절반으로 쪼개져 멀리 떨어진 기분이었다. 그래도 다행히 집이 가까웠기 때문에 자주 만날 수 있었다.

이하은은 별다른 일이 없어도 그날 있었던 일들을 내게 얘기했다. 그 얘기들은 내가 기억하려고 애쓰지 않아도 저절로 아주 사소한 것들까지 세세하게 머릿속에 남았다.

　나는 학교를 나가면 바보처럼 행동했다. 목이 마르지 않아도 물을 마시러 가면서 이하은의 교실을 둘러봤고, 딱히 별일이 없어도 그 아이의 주변을 어슬렁거렸다. 그러다가 마주치기라도 하면 살짝 고개를 끄덕이거나 못 본 척 지나갔다. 그렇게 해서라도 그 아이가 보고 싶었다.

　학교가 끝나고 어두워질 무렵 나는 이하은을 만나러 그 집 앞 계단으로 갔다.

　이하은은 계단에 앉아 조용히 생각을 하다가 입을 열었다.

　"환아, 나 오늘 고백받았어."

　"어?"

　이하은에게 관심을 보이는 남자 애들이 많았기 때문에 당연한 일이었다. 하지만 그 당연함이 내 마음을 요동치게 했다. 난 왜 그토록 당연한 일을 한 번도 생각해보지 못한 걸까? 딱 한 번이라도 진지하게 생각해봤다면 지금 이렇게 당황하지 않았을 것이다.

　"근데 왜 얼굴이 안 좋아 보여?"

　"어떻게 해야 할지 모르겠어."

　"어떤 앤데?"

　"좋은 애야. 나한테 엄청 잘해줘. 근데 난 그 애를 그만큼 좋아하지 않아."

"그럼 안 만나면 되잖아."

"그러면 그 애가 상처받을 텐데. 어쩌면 내가 그 애한테 책임질 수 없는 행동을 했을 수도 있지 않을까?"

"그런 게 어디 있어. 좋아하면 만나고 좋아하지 않으면 안 만나는 거지."

"그럴까?"

"응."

"넌 어떻게 생각해? 내가 어떻게 했으면 좋겠어?"

만나지 말라고 하고 싶었다. 하지만 나는 비겁했기 때문에 그런 말을 할 수 없었다.

"네가 하고 싶은 대로 해야지."

이하은은 고개를 끄덕이다가 미소를 지어 보였다.

며칠이 지나지 않아 학교에 소문이 퍼졌다. 이하은과 한 남자 애가 사귄다는 거였다. 처음 소문을 들었을 때는 특별한 감정이 느껴지지 않았다. 그저 내가 아니구나, 라는 생각만 들었다.

그날도 이하은은 날 불렀다. 계단 앞에 서서 날 또렷하게 보고 있었다. 나는 어떻게든 웃어 보였다.

그 아이는 내게 한 걸음 다가와 나를 껴안았다.

"나, 사귀기로 했어."

그 애기를 소문으로 듣는 것과 이하은의 입으로 직접 듣는 것에는 큰 차이가 있었다. 희미하게나마 남아 있던 불빛이 아주 꺼져버린 기분이었다.

나는 담을 멍하니 바라보다가 말했다.

"잘됐다."

난 뭘 기대한 걸까, 내가 바랐던 건 뭐였을까.

날 껴안고 있는 이하은을 바라보다가 생각했다. 난 이 아이가 행복하기를 바라고 있었다. 이 선택으로 행복해질 수 있다면 그걸로 만족해야 했다.

"정말 잘된 거라고 생각해?"

"응."

"사귀는 사람한테는 숨기는 게 있으면 안 되겠지?"

"왜?"

"거짓말하는 거 같잖아. 솔직하게 다 말하고 싶어."

나는 말하지 말라고 하고 싶었다. 숨길 수 있을 만큼 숨기라고 말하고 싶었다. 내 어머니가 다른 남자와 도망갔다는 것이 알려졌을 때, 사람들은 나를 이상한 사람으로 취급했다. 어머니한테 버려진 사람은 나였는데도 그런 소리를 들어야 했다. 하지만 나는 미소를 짓고 말했다.

"넌 좋아하면 이해해줄 거야."

"그럴까?"

이하은이 집으로 들어가고 나는 잠깐 그곳에 서 있었다. 아무 감각도 느껴지지 않았다.

괜찮다고 생각하며 집으로 걸어가는데 갑자기 마음이 찌르듯이 아파왔다. 이런 비슷한 감정을 느껴본 적이 있었다. 어머니가 날 버리고 가버렸다는 것을 알게 됐을 때였다. 내 세계가 끝나버렸다는 생각을 했을 때였다.

분명 비슷한 아픔이었지만 달랐다. 확연히 달라서 나는 어쩔 줄 모르고 있었다. 이 감정과 감각을 어떻게 다뤄야 하는지 알지 못한 채 나는 담에 기대어 서서, 서둘러 이 통증이 지나가길 기다렸다.

8장

생각 없는 사람들

확실히 아주머니는 지나루와 얼굴이 많이 닮은 편이었다. 하지만 얼굴 생김새를 제외하면 눈을 씻고 찾아봐도 닮은 구석이 없었다. 머리부터 발끝까지 구석구석 거만이 배어 있었고, 표정은 어딘지 모르게 화가 나 보였다.

나는 자리에서 일어나 인사를 했다.

"학생이 반윤환이야?"

"예."

아주머니는 의자에 앉아 다리를 꼬고 나를 5초가량 꼼꼼히 훑어봤다.

나는 딱히 긴장하거나 어떤 불편을 느끼지는 않았다. 이 사람에게 잘 보여야 할 이유가 없었던 것이다. 그저 친구의 어머니로서 대우하면 됐다. 거기에 필요한 것은 단 하나였다. 예의. 친근감은 두 번째였고, 그것은 선택 사항일 뿐이었다.

아주머니는 나에 대한 검토가 다 끝났는지 훑어보던 눈을 거두고 말했다.

"부모님은 뭐 하시니?"

나는 대답할 필요가 없는 질문이라는 걸 알았지만 예의라는 것을 지켜야 했기 때문에 말했다.

"어머니는 안 계시고, 아버지는 장사하세요."

"피차 시간 낭비할 필요 없이 간단하게 말할게. 나루 안 만났으면 좋겠구나."

내가 대답하기 전에 아르바이트생이 커피를 가져왔다. 아주머니는 뜨거운 커피를 한 모금 마시고 대답하라는 얼굴로 나를 쳐다봤다.

나는 아무 대답도 하지 않았다.

"왜 대답을 안 해? 나 나루 엄마야."

"어머니는 친구도 이것저것 따지시나 봐요?"

"당연한 거잖아? 같은 등급에 있는 사람들끼리 친구가 되는 건."

"그럼 비즈니스랑 다른 게 뭐예요?"

"다른 거 없어. 너도 나중에 크면 알게 되겠지만, 친구든 뭐든 결국 인맥이라는 게 비즈니스가 되니까."

"그래서 아무것도 얻을 게 없어 보이는 저 같은 애는 필요 없다는 거죠?"

"이해는 빠르구나. 알아들었으면 나루 만나지 마라."

"무슨 말씀을 하시든 나루와의 관계는 제가 선택해요. 관계를 끊고 싶다면, 저에게 이러시는 건 별 의미 없고 나루에게 말하시는 게 빠를 거예요. 나루가 어머니의 말씀에 따라 저를 피한다면 저도 굳이 잡지 않을게요."

"애들은 좋게 말하면 늘 말을 안 듣는다니까. 네가 정말로 나루를 생각하면 옆에서 없어져주는 게 맞지 않니? 네가 나루한테 해줄 수 있는 게 뭔데?"

"뭘 해주지 않아도 같이 있는 게 친구라고 생각해요."

아주머니는 그 말을 이해하지 못한 얼굴로 나를 쳐다봤다.

"그럼 전 먼저 일어나겠습니다. 아르바이트 시간이 다 돼서요."

나는 아주머니의 대답을 기다리지 않고 먼저 자리에서 일어나 고개를 숙이고 밖으로 나왔다.

내가 편의점에 도착하고 5분도 지나지 않아 지나루가 들어왔다. 해맑게 웃으며 인사하는 걸 보니 자신의 어머니와 관련된 일은 전혀 모르고 있는 눈치였다.

나는 오늘 있었던 일을 말하는 것이 옳은지 하지 않는 것이 옳은지 고민했다. 말을 하는 순간 지나루는 가장 가까운 가족에게 상처를 입을 것이고, 말하지 않는다면 앞으로도 계속 사람과의 관계에서 상처를 받아야 했다. 가장 가까운 존재에게 상처받는다는 게 어떤 것인지 나는 어느 정도 알고 있었다. 어떻게 해야 지나루가 덜 상처를 받을지 고민이 됐다.

지나루 어머니와의 일은 그대로 묻어둔 채 나는 일요일 아르바이트를 가기 전 지나루와 함께 파스타를 먹으러 갔다.

"저기."

그 아이가 입을 열었다.

"왜?"

"내가 이상한 걸까?"

"뭐가?"

"그냥, 아무 문제가 없으면 이상하게 불안해."

어떤 기분인지 알 것 같았다. 사람들과 친해졌다고 생각할 때마다 아주머니가 그 관계를 끊었기 때문에 이젠 거의 본능적으로 두려워하고 있었다. 또 누군가를 잃게 될까 봐.

"평생 행복하기만 할 수는 없을 테니까. 그게 불안하다면 어쩔 수 없는데 내가 도망칠까 봐 불안해하지는 마. 그런 일은 없을 거야."

지나루는 나를 가만히 바라보다가 고개를 끄덕였다.

어쩌면 이 아이에게는 이런 확신이 필요했던 건지도 모른다. 어떤 식으로 이 세계가 움직이는지 조금도 알지 못하는 내가 이런 말을 하는 게 우습지만, 그래도 나는 최선을 다해 도망치지 않을 것이다. 친구라는 것이 존재한다면 아마도 그런 거라고 생각하기 때문이다.

주문한 것들이 나왔다. 둔탁한 소리를 내면서 접시들이 테이블 위에 놓였다. 나는 탄산음료를 한 모금 마시고 물었다.

"그런데 개랑은 어떤 사이였어?"

"은비?"

"친했었다며."

"응, 그랬어."

"근데 갑자기 멀어진 거야?"

"나 때문이겠지. 내가 무슨 잘못을 한 걸 거야."

지나루는 오직 자신에게 문제가 있을 거라고 확신하고 있었다. 아마도 그 친구 역시 나와 비슷한 상황을 겪었을 것이다. 지나루는 급격히 어두워진 얼굴로 포크를 내려놓았다. 힘들어하는 모습이었지만 나는 꿋꿋하게 물었다.

"어떻게 친해지게 됐는데?"

"중학교 들어갔을 때 반 애들이 모두 날 싫어하는데 이상하게도 은비가 반 애들이랑 싸우면서 내 옆에 있어줬어. 한번은 은비네 집에 가서 같이 밥 먹고 누워 얘기하고 있는데 은비 아빠가 술에 엄청 취해서 오신 거야. 내가 있는데도 은비한테 욕을 하면서 막 때렸어. 그래서 같이 밖으로 도망쳤거든. 그 뒤로는 늘 붙어 다녔지.

그러다 고등학교 올라가고 갑자기 멀어졌어. 어느 순간부터 차가워지더니, 이제 내가 귀찮으니까 더 이상 오지 말라는 거야. 내가 뭘 잘못한 거냐고 물어도 그냥 귀찮다는 대답만 하고. 몇 번 교실로 찾아가서 계속 물으니까, 그동안 불쌍해서 놀아준 거라고, 근데 이젠 못 하겠다고 했어."

"그 뒤로 어떻게 됐는데?"

"그래도 난 은비 주변을 맴돌았지. 근데 지금 같이 다니는 친구들이랑 놀기 시작하면서 은비가 완전히 달라졌어. 원래 사람 대할 때 무척 조심스러운 애였는데 눈빛도 차갑게 변하고, 담배도 피우고, 오토바이 타는 남자 애들이랑 어울리고, 학교 애들도 괴롭혔어. 처음엔 충격이 컸지. 그런 은비를 보는 게 너무 힘들었어. 원래 그런 애가 아닌데, 계속 망가져가는 것만 같아서. 그래서 저번에 생각하고 또 생각하다 말을 건 건데, 그렇게 됐어."

"지금은 괜찮아?"

"지금도 똑같아. 은비를 볼 때마다 마음이 비어버린 느낌이 들어. 왜 그럴까?"

"사람과의 관계가 퍼즐과 비슷하기 때문이 아닐까?"

"퍼즐?"

"응. 누군가와 관계를 맺는 순간 좋든 싫든 그 사람은 나라는 존재의 한 조각이 된다고 생각해. 그 한 조각이 엄청 클수도 있고, 눈에 보이지 않을 만큼 작을 수도 있어. 그 조각의 크기가 클수록 소중한 사람이겠지. 그 한 조각이 빠져나가면 공허해질 수밖에 없을 거야. 아마도 그 애는 너한테 상당히 큰 조각이었나 봐."

"그런 걸까…… 그럼 넌 그런 조각을 많이 만들고 싶지 않은 거야?"

"그렇다기보다, 지금 있는 조각들이 이미 커서 다른 자리가 없어. 나라는 존재가 너무 좁거든."

"그 조각들에 나는 있어?"

"너무 크지."

음식을 다 먹고 계산을 하려고 하자 지나루는 자기가 하겠다며 우겼다. 나는 그 카드를 밀어내고 먼저 나가 계산했다.

"내가 한다니까."

"다음에 해."

"넌 귀찮은데 나랑 놀아주잖아. 내가 해줄 수 있는 게 있으면 해주고 싶어."

"안 귀찮아. 너 나한테 빚진 거 아무것도 없어. 그러니까 굳이 뭐 해주려고 하지 않아도 돼."

"그래도."

"네가 나한테 뭘 해줘서 옆에 있는 게 아니야. 친구니까 있는 거야."

지나루는 더 이상 아무 말도 하지 않았다.

조회 시간이 끝나고 담임은 나를 따로 불렀다. 교무실로 내려가자 나를 의자에 앉게 했다. 나는 무슨 일인지 전혀 짐작이 가지 않아 잠자코 있었다.

"나루랑 친하니?"

"예."

"혹시 나루 좋아하니?"

담임은 모든 것을 이해할 테니 솔직히 말해도 된다는 가식적인 표정을 짓고 있었다. 나는 그 얼굴을 보고 싶지 않아 고개를 내리고 말했다.

"예, 친구니까요."

"친구 사이로 물어보는 게 아니라 이성으로서 나루를 좋아하냐고 묻는 거야."

"제가 그걸 왜 대답해야 해요?"

"선생님이 묻잖아!"

선생이면 모든 걸 알아야 하고 학생은 뭐든 시키는 대로 대답해야 한다는 투였다. 나는 그 가치관이 우스워서 그저 미소만 지었다.

"웃어? 뭐 이런 애가 다 있어. 완전히 비뚤어졌네. 나루 어머니가 전화하셔서 너랑 친하게 지내는 게 걱정된다고 하시길래 걱정하지 마시라고, 잘 얘기해보겠다고 했는데 안 되겠다. 너 다시는 나루 근처에 있지도 마!"

선생들은 왜 늘 이런 식인 걸까. 나는 그저 멍한 얼굴로 창밖을 봤다. 모든 게 귀찮아졌다. 담임이 소리를 지르며 하는 말들은 귀 바깥을 맴돌다가 사라졌다. 그리고 정신을 차렸을 때 강별이 다른 선생 옆에서 나를 보고 있는 게 보였다. 나는 아무렇게나 대답을 하고서야 겨우 풀려났다.

반으로 돌아가 자리에 앉자 윤건이 내 앞으로 왔다.

"쌈닭이냐?"

"뭐가?"

"교무실에서 다 봤어. 그런데 그럴 필요 없지 않았어? 생각 없는 사람을 상대해봤자 머리 아픈 건 너잖아."

"내가 하고 싶은 대로 해."

"근데 너 지나루랑은 친해졌나 보다? 걔는 네 사람인 거야?"

"그게 왜."

"그냥 의외라서. 걔는 왜 친구가 된 거냐?"

"네 알 바 아니잖아."

윤건은 한 번 미소를 짓더니 고개를 끄덕이고 자리로 돌아갔다.

점심을 먹고 교실로 들어오니 지나루를 둘러싸고 반 애들이 모여 있었다. 내가 자리에 앉자 그 주변에 있는 애들이 나를 적대적으로 쳐다보며 속닥거리기 시작했다. 지나루의 얼굴이 혼란스러워 보였다. 나는 잠깐 상황을 지켜보다가 엎드리려고 했다. 그런데 누가 나를 툭툭 쳤다. 늘 나를 비난하려는 여자 애였다.

"너 별이도 모자라서 나루도 괴롭힌다며?"

지나루에게 조금의 관심도 없던 애가 내게 그 말을 하고

172

있었다. 무슨 근거로 그런 말을 하는지 궁금하지도 않았다.
내가 다시 엎드리려고 하자 그 애는 더 사납게 말했다,

"나루가 놀기 싫다고 했는데 네가 강제로 놀자고 했다
며!"

"너 지나루랑 친한가 봐?"

"뭔 소리야, 같은 반 친구잖아."

이 애는 어디까지 더 생각 없는 말을 쏟아내려는 걸까. 나
는 계속해보라는 얼굴로 가만히 있었다.

"사람 괴롭히는 게 재밌어? 너 사이코패스지?"

"그게 무슨 말이야?"

뒤쪽에서 강별의 목소리가 들렸다.

"별아, 얘 이번에 나루 괴롭힌 거 알아?"

"그런 거 아니야, 오해야."

"뭐라고? 너 요즘 이상해. 왜 자꾸 이런 애 편들어?"

마치 자신이 원하는 대답을 하지 않아 화를 내던 담임의
얼굴을 보는 듯했다.

강별이 난처한 얼굴로 서 있자, 지나루가 고개를 숙이고
이쪽으로 다가와 엉성하게 말했다.

"정말 그런 거 아니야. 싸우지들 마."

당사자가 나서서 아니라고 했는데도 그 여자 애는 더 큰

소리로 말했다.

"나루야, 겁내지 마. 뭐라고 하면 선생님한테 다 말해줄게. 지금 말해."

나는 더 이상 그 목소리를 들어줄 수 없어서 지나루에게 말했다.

"신경 쓰지 마. 하던 거 해."

"네가 뭔데 나루한테 명령해? 얘 웃긴다."

나는 무시했다. 지나루는 주춤하다가 자리로 돌아갔고 나는 그 모습을 보고 책상에 엎드렸다.

그 여자 애는 혼자 더 말을 쏟아내다가 내가 반응하지 않자 자기 자리로 돌아갔다.

누군가에게 상처를 주어야만 직성이 풀리는 애들이 있다. 이런 애들은 상대가 상처받지 않거나 신경 쓰지 않으면 제 풀에 지쳐 그만두는 것이 다반사였다. 그들에게 진실은 중요하지 않았다.

학교가 끝나고 지나루는 편의점으로 들어오자마자 말했다.

"미안해. 괜히 나 때문에 네가 힘들어지는 것 같아."

"아니야, 너 때문이 아니라, 걔네는 그냥 내가 싫은 거니까."

"그래도 나 때문에 귀찮아지는 거잖아."

"전혀 아니야."

처음 나에게 말을 걸었던 지나루와 지금의 지나루는 확연하게 달랐다. 어설프고 어색하던 행동이 조금씩 변하고 있었다.

나를 비난하던 여자 애가 지나루를 같은 반 친구라며 감싸고 돈 다음 날부터 반 애들의 태도가 달라졌다. 그 여자 애를 비롯해 몇몇 애들이 갑작스럽게 지나루에게 다가가 말을 걸고, 같이 밥을 먹자고 하고, 놀자고 했다. 아마 날 완벽하게 고립시키려는 의도였을 것이다. 그것이 다행인지 불행인지는 알 수 없었지만, 그래도 지나루가 늘 나와만 있는 것보다는 낫다는 생각도 들었다.

그 여자 애는 점심시간에 지나루를 데리고 나가 쉴 새 없이 떠들어댔다. 지나루가 곤혹스러워하는 게 눈에 보였다. 하지만 내 옆으로 끌고 올 수는 없었다. 그러면 다시 혼자가 될 수밖에 없었기 때문이다.

지나루는 편의점에 오면 그날 반 애들과 있었던 일들을 얘기했다. 대부분은 친구인 양 다가와 말을 걸었지만 결국 나에 대한 험담으로 끝이 났다. 반윤환은 좋은 애가 아니니 놀지 않는 게 좋다는 둥, 저런 애들이 커서 살인범이 된다는 둥, 나에 대해서 누구보다 잘 안다는 듯한 이야기들이었다.

"네가 하고 싶은 대로 해. 내가 싫어졌다면 나한테 굳이 오지 않아도 돼."

"그런 말이 어디 있어. 그러지 마."

적당한 시기인지 아닌지는 모르겠지만 나는 지나루를 묶고 있는 사슬을 끊기로 했다. 아르바이트를 가기 전, 지나루와 조용한 카페에 갔다. 여느 때처럼 이런저런 얘기를 하다가 말을 꺼냈다.

"할 얘기가 있는데, 너무 심각하게 듣지는 마."

그 말에 지나루는 내일 지구가 망하기라도 할 것처럼 두려운 얼굴로 나를 봤다. 나는 그 두려움을 빨리 없애기 위해 서둘러 말했다.

"다른 건 아니고, 너희 어머니 얘기야."

"우리 엄마? 왜?"

나는 아주머니에게 전화가 왔을 때부터 만남까지의 일을 빠짐없이 말했다.

얘기가 끝났을 때 지나루는 굳은 얼굴로 눈물을 보였다. 아마도 가장 가까운 존재였기 때문에 상처가 클 수밖에 없었을 것이다. 나는 조용히 그 아이가 우는 것을 바라봤다. 달리 내가 해줄 수 있는 것이 없었다.

"이제 진짜가 뭔지 알았으니까, 제대로 가기만 하면 돼. 도와줄게. 별로 도움은 안 되겠지만."

지나루는 눈물을 닦으며 고개를 끄덕였다.

적당한 시기라고 생각한 건 아니었다. 하지만 어긋난 행동이라고는 생각하지 않았다. 하지만 그 행동의 결과는 생각한 것보다 참담했다.

다음 날, 불행히도 지나루가 학교에 오지 않았기 때문이다. 그리고 애석하게도 그 아이의 어머니가 학교에 왔다.

9장

사랑

조회가 시작됐는데도 지나루는 학교에 오지 않았다. 무슨 일인지 알고 싶었지만 담임은 그 아이에 관한 아무런 언급도 하지 않았다.

　3교시가 끝났을 때 나는 영문도 알지 못한 채 교무실로 불려 갔다. 교무실에 들어가자 지나루의 어머니가 보였다. 대략 어떤 상황인지 파악이 됐다. 아주머니는 담임과 얘기를 하고 있었는데 얘기라기보다는 일방적으로 화를 내는 모양새였다.

　내가 가까이 다가가자 담임은 나를 짧게 노려보다가 다시 지나루 어머니 쪽으로 고개를 돌리고 깍듯하게 말했다.

"반윤환 학생 왔습니다."

나는 고개 숙여 인사를 드렸다. 그리고 고개를 들자마자 내 얼굴로 손이 날아왔다.

딱히 아프거나 수치스럽지는 않았다. 나는 무덤덤한 얼굴로 아주머니를 쳐다봤다. 다시 내 뺨으로 손이 날아왔다. 나는 피하지 않았다. 그 손이 내 얼굴로 몇 번 왔다 갔다 하는데 누군가 내 앞을 가로막았다. 강별이었다. 아주머니는 강별이 말리자 한층 더 분노하며 소리쳤다.

"너 내가 충분히 말로 했지? 아니야?"

나는 아무 대답도 하지 않았다. 담임과 강별이 아주머니를 진정시키려고 애를 썼다. 얼마간 시간이 지나자 아주머니는 담임을 쏘아보며 말했다.

"관리 똑바로 하세요. 저희 애까지 물들이지 말고. 또 이런 식이면 가만히 있지 않을 겁니다."

"죄송합니다."

아주머니가 교무실에서 나가자 담임은 나를 노려보다가 말했다.

"너 대체 무슨 짓을 한 거야?"

나는 아무 대답도 하지 않고 덤덤하게 앞을 봤다. 그런 채로 몇 분간 더 담임의 화풀이를 듣다가 교무실에서 나왔다.

지나루의 어머니에게 뺨을 맞고 험한 말을 들은 건 아무렇지 않았다. 그저 그 아이가 걱정됐다.

교실에 들어가자 나를 비난하던 여자 애가 자기 친구들과 같이 내 주변에서 꼴좋다며 말을 늘어놓았다. 나는 멍하니 창밖을 봤다. 커다란 흰 구름이 움직이고 있었다.

얼마 후 내 책상 위에 둔탁한 게 놓이는 소리가 났다. 고개를 돌리니 강별이 음료수를 내 쪽으로 밀었다.

"괜찮은 거야?"

"그냥, 그래."

"얼굴 한번 봐봐."

"됐어."

학교가 끝나고 편의점에 갔다. 다행히도 지나루가 모습을 드러냈다. 내가 생각한 것보다 괜찮은 상태라 안도했지만 반대로 그 아이는 내 얼굴을 보고 놀란 표정이었다.

"우리 엄마가 이런 거야?"

"신경 쓰지 마."

"미안해……"

"뭐가 미안해, 넌 아무 잘못도 안 했는데. 별일 없었어."

안타깝게도 지나루의 어머니는 생각보다 심각한 사람이

었다. 자신의 자식이라는 이유로 지나루를 손바닥 위에 올려놓고 모든 것을 감시하고, 지시하고, 관리하려고 했다. 물론 그 친구들까지도.

지나루가 자고 있을 때 핸드폰을 훔쳐보는 것은 기본이었고, 친구를 만나려고 하면 그 친구에 대해 빠짐없이 조사를 해 오게 한 뒤 마음에 들지 않으면 만나지 못하게 만들었다. 그 애에게는 사생활이라는 것이 없었다.

지나루는 이 얘기를 하면서 울었다. 나는 아무 말도 하지 못했다. 해야 할 말도, 할 수 있는 말도 없었다. 어머니가 없는 나는 특히 더 이 문제에 대해 할 말이 없었다. 만에 하나 내 어머니가 나를 버리지 않고 이런 방식으로 대했다면, 아마 어머니가 날 버리기 전에 내가 어머니를 떠났을 것 같았기 때문이다.

"그 친구도 비슷한 상황이었겠지?"

"모르겠어."

"그 친구랑 다시 가까워지고 싶은 마음은 있어?"

"있어."

"그럼 한번 해보자. 뭐가 어떻게 되든 가만히 있는 것보다는 낫잖아."

아르바이트가 끝나고 집으로 걸어갔다. 피곤에 전 얼굴

로 밤하늘을 쳐다봤다. 달을 보고 있자 이하은이 보고 싶어졌다. 나는 지갑에서 그 아이에게 받았던 쪽지를 꺼냈다. 거기에는 분명 '다음에 보자, 우연히'라는 문장이 쓰여 있었다. 그 아이가 말하는 다음은 언제일까?

알 수 없었다. 이하은이 나를 찾기 전까지 나는 그 아이를 찾을 수 없었다. 항상 이하은을 생각하면 무력감에 빠졌다. 내가 그 아이에게 할 수 있는 건 한 가지뿐이었다. 기다리는 것이다.

영어 시간이었다. 반 애들이 숙제를 책상에 올려놓느라 분주했다. 나는 숙제를 하지 않았기 때문에 가만히 앉아 있었다. 강별은 옆에서 다급하게 책상 서랍과 가방을 뒤지고 있었다.

영어 선생은 들어오자마자 숙제한 공책을 앞으로 내라고 소리쳤다. 반 애들이 우르르 나갔다.

잠시 후 영어 선생이 말했다.

"안 한 애들 일어나."

나는 자리에서 일어났다. 여기저기서 몇몇 애들도 일어났다. 영어 선생이 혼을 내려고 할 때 강별이 자리에서 일어났다. 모두가 의아한 얼굴로 반장을 봤다.

"별이 너도 안 한 거야?"

"예, 죄송해요."

선생은 굉장히 실망한 얼굴로 고개를 저었다. 수업이 끝날 때까지 강별은 한숨을 쉬며 수업에 집중하지 못했다.

수업이 끝나자마자 여자 애들이 강별에게 다가왔지만 윤건이 오자 다들 자리를 비켰다.

"숙제했잖아."

윤건의 말에 강별은 입을 꾹 다문 채 고개를 끄덕였다.

"근데 왜? 안 가지고 온 거야?"

"아니야, 신경 쓰지 마."

"왜 무슨 일인데?"

"내가 어디다 흘렸나 봐."

"흘렸다고?"

"누가 가져간 거 아니야? 바로 옆에서 훔쳐 갈 수도 있는 거잖아."

나를 싫어하는 그 여자 애가 다가와 말했다.

"그런 거 아니야."

"어떻게 알아? 한번 확인해보자."

윤건도 그 말에 동의한다는 얼굴로 교탁으로 가서 반 애들에게 말했다.

"저기, 미안한데 별이 숙제가 사라졌거든. 그래서 좀 찾아보려고 하는데 사물함 좀 확인해도 될까?"

모두가 그 아이의 말이라면 동의한다는 얼굴로 고개를 끄덕였다.

"고마워."

윤건과 그 여자 애는 반 애들의 사물함을 하나씩 열기 시작했다. 나는 이런 유별남이 싫어서 엎드렸다. 그런데 금방 그 여자 애가 소리쳤다.

"별아, 이거 네 거 맞지?"

"어? 어디 있었어?"

"지나루 사물함인데? 미친 거 아니야?"

나는 곧바로 고개를 들었다.

그 여자 애는 공책을 들고 지나루에게 다가갔다.

"야, 이게 왜 네 사물함에 있어?"

"어?"

윤건도 그 옆으로 다가가 말했다.

"나루야, 네가 가져간 거야?"

모두가 지나루 쪽으로 고개를 돌려 대답을 기다렸다. 지나루는 겁먹은 얼굴로 아이들을 쳐다보았다. 그 시간이 길어질수록 반 애들은 지나루를 범인으로 확신해가고 있었다.

나는 자리에서 일어났다.

"내가 그랬어."

모두가 내 쪽으로 고개를 돌렸다. 강별도 놀란 얼굴로 나를 봤다.

"뭐?"

윤건의 말에 나는 다시 한 번 말했다.

"내가 그랬다고."

"왜?"

강별이 물었다.

"너 설치는 거 보기 싫어서."

"뭐야, 진짜 사이코패스 맞네."

날 싫어하는 여자 애가 격분했다.

강별은 자리에서 일어나 나를 똑바로 보고 물었다.

"정말 네가 그런 거야?"

"내가 그랬다고. 그러니까 그만 좀 설치지 그랬어."

강별은 알 수 없다는 눈으로 나를 빤히 보다가 밖으로 나가버렸다. 윤건이 내 쪽으로 걸어왔다.

"나와, 얘기 좀 하게."

"싫다면."

"여기서 말하면 너 더 힘들어져."

윤건이 교실에서 나가고 나도 따라 나갔다.

"자기 사람은 어떻게든 지키겠다던 애가 지나루 사물함에 별이 공책을 넣었다고? 그걸 믿으라는 거냐?"

"그래서 뭐 어쩌자고."

"네가 말하는 게 이딴 거였냐? 별이한테는 상처주고, 네 사람은 지키는 거? 내가 말했지, 내 사람 건드리지 말라고."

"그럼 똑바로 지키지 그랬어."

윤건이 나를 싸늘하게 노려보다 멱살을 잡고 말했다.

"적당히 해, 어?"

내가 멍하니 허공을 보는데 강별이 이쪽으로 걸어왔다.

"건아, 그만해."

윤건은 잡았던 멱살을 놓고 강별에게 돌아섰다.

"괜찮은 거야?"

"응."

"들어가자."

강별은 내 쪽을 쳐다보지도 않고 교실로 들어갔다.

내가 교실로 들어가자마자 반 애들이 나를 노려보며 수군거렸다. 그리고 늘 나를 비난하려는 그 여자 애가 내 쪽으로 다가와 말했다.

"별이 목걸이 훔친 것도 너였지? 자기가 안 했다고 연기

하더니 진짜 역겹다."

나는 아무 대답도 하지 않았다.

"그래도 나루랑은 친한 줄 알았는데 완전 쓰레기였네. 나루가 불쌍하다."

그 여자 애는 쉬는 시간이 끝날 때까지 나를 욕하다가 자리로 돌아갔다.

강별은 수업 시간 내내 책상만 보고 있었다.

나는 여느 때처럼 내가 살아온 가치관대로 움직였을 뿐이었다. 그런데 지금은 이상하게도 마음이 불편했다.

학교가 끝나고 편의점 아르바이트를 갔다. 곧 굳은 얼굴로 지나루가 들어왔다. 나는 고개를 돌렸다.

"왜 그랬어?"

"뭐가."

"네가 그런 거 아니잖아. 왜 네가 했다고 그랬어?"

"그럼 네가 그랬어?"

"뭐?"

"너도 네가 그런 거 아니잖아. 그래서 그냥 바꾼 것뿐이야."

"그런데 왜 난 너한테 화가 나는 거야?"

"난 사람들한테 미움받는 거 익숙해. 혼자도 익숙하고. 그러니까 신경 쓰지 마. 달라진 건 아무것도 없으니까."

"어떻게 신경을 안 써? 나 때문에 네가 불행해지고 있잖아."

"아무것도 하지 않는 게 날 더 불행하게 만들어. 더 후회하게 할 거고."

지나루는 한숨을 길게 내뱉고 밖으로 나가버렸다.

나는 텅 빈 편의점을 바라봤다. 다시 혼자가 된 걸까. 강별과 지나루의 눈빛이 잊히지 않았다. 모두가 나 때문에 상처받고 있는 느낌이었다. 이하은과 마찬가지로.

과거

　내 사람이 아니라면 놓아버리는 게 이성적으로나 경험적
으로나 내가 덜 상처받는 방법이라는 걸 알고 있었다. 나는
그 남자 애와 밝게 웃고 있는 이하은을 보면서 그 애를 지워
야만 한다는 것을 깨달았다.

　이제 나는 더 이상 이하은의 교실 앞을 기웃거리지도, 복도
를 무의미하게 돌아다니지도, 그 아이의 집 앞에서 애기를 들
어주는 것도 하지 않게 됐다. 어쩌다 마주치면 못 본 척 지나
갔다. 이하은이 내게 중요한 사람이라는 것은 의심의 여지가
없었지만 나는 더 이상 상처받고 싶지 않았다.

　하늘이 먹구름으로 가득했다. 그리고 불안하던 하늘은 결

국 비를 뿌렸다. 집에서 비가 내리는 것을 보고 있을 때 이하은에게 문자가 왔다. 아주 오랜만에 온 문자였다. 내가 그 애를 단념하고 나서부터 연락한 적이 없었기 때문이다. 나는 한동안 문자가 왔다는 알림을 바라보다가 내용을 읽었다.

기다릴게.

나는 그 문자를 오래도록 바라보다가 우산 하나를 들고 집을 나섰다. 이하은의 집으로 향하는 골목길을 천천히 걸었다. 그리고 마지막 한 걸음이 남았을 때 멈췄다. 한 걸음만 걷는다면 매일 얘기를 주고받던 계단이 나올 것이었다.

나는 한동안 빗소리를 들으며 쏟아져 내리는 비를 바라봤다. 쉽게 그칠 비가 아니었다. 드문드문 사람이 지나다녔고, 우산 없이 뛰어가는 사람도 있었다. 나는 마지막 한 걸음을 걷기 위해 수많은 생각을 해야만 했다.

세차게 내리는 비는 웅덩이를 만들었고, 그 안에 다른 세계를 만들어내고 있었다. 빗물로 불안정하게 흔들리는 그 세계에서 이하은이 우산을 들고 서 있는 게 보였다. 나는 고개를 드는 대신 웅덩이에 비친 그 아이를 바라보며 빗소리를 들었다. 그 빗소리는 내가 얼마나 비겁하고 치졸한 존재인지 말해주고 있는 것 같았다.

만약 내가 조금만 평범한 가정에서 자랐더라면, 지금 한 걸음을 걷고 말했을까. 좋아한다고. 하지만 나는 많이 엇나간 사람이었다. 그런 내 옆에 있어달라고 말하는 건 욕심이었다. 결국 나는 한 걸음을 걷지 않았다.

10장

퍼즐

혼자 점심을 먹고 있었다. 며칠간 지나루는 내 옆으로 오지 않았다. 그러던 지나루가 내 앞자리에 식판을 내려놓았다.

"미안해."

"뭐가."

"내가 너무 멍청해서."

"무슨 소리야."

"내가 너무 바보 같아서 자꾸 너한테 문제가 생기는 것 같아. 다 나 때문이야."

"너 때문이 아니라 나 때문이야."

"다시는 그러지 마."

"뭘."

"다시는 나 때문에 네가 피해 보지 마."

나는 고개를 끄덕였다.

잠깐 정적이 왔다.

내가 길게 숨을 내쉬며 정적을 깼다.

"그 친구랑은 어때?"

"은비?"

"응."

"똑같아. 그때 이후로 눈도 못 마주치겠어."

"넌 어떡하고 싶은데?"

"다시 예전처럼 지내고 싶지."

"그럼 다가가야지."

"내가 그래도 될까?"

"네 마음이 그러고 싶다면."

다음 날, 지나루는 용기를 내보겠다고 했다. 무조건 잘될 거라는 말도, 괜찮을 거라는 말도 하지 않았다. 강은비라는 애가 어떤 아이이고, 어떤 생각을 갖고 있고, 어떤 경험을 해 왔는지 전혀 모르기 때문에 섣불리 판단할 수 없었다. 온전하게 지나루가 감당해야만 하는 일이었다.

확실히 강은비는 평범한 학생이라고는 말할 수 없었다. 그 아이가 갖고 있는 생각, 감정, 상처 같은 것들은 전혀 모르지만 겉으로 봤을 때는 이 학교가 세운 기준을 모두 어기고 있었다. 그 기준이 올바르다고 생각한 적은 한 번도 없지만.

지나루는 학교가 끝나는 것을 기다렸다가 강은비가 있는 교실로 걸어갔다. 무작정 다가가는 방법은 기발할 것까지는 없었지만 나쁜 방법도 아니었다. 상대가 받아들인다면 간단하게 끝날 일이었다.

강은비가 있는 교실의 뒷문이 열리면서 애들이 쏟아져 나왔다. 나는 지나루와 조금 떨어진 거리에서 상황을 지켜봤다. 강은비는 여유롭게 친구들과 교실에서 나왔다. 파마를 했는지 웨이브가 있었고 얼굴이 하얗고 작았다. 지나루가 그 아이에게 천천히 다가가 팔을 잡았다.

강은비는 얼굴을 확인하자마자 싸늘하다 못해 살벌한 얼굴로 손을 치워버리고 무슨 말인가를 했다. 떨어져 있어서 말소리는 들리지 않았다. 강은비의 옆에 있던 친구들이 큰 소리로 비웃는 소리만 들려왔다. 지나루는 얼어 있었고, 강은비는 유유히 걸어갔다.

나는 곧바로 그쪽으로 다가가 말했다.

"잘했어."

다음 날, 지나루는 또 강은비에게 말을 걸겠다고 했다.

"이번엔 수업 끝나고 바로 찾아가지 않고 혼자 남았을 때 말 걸어보려고. 같이 가줄 거지?"

"그래."

난 점장에게 전화를 걸어 아르바이트를 빼고, 수업이 끝났을 때 지나루와 같이 강은비네 반 근처에 서 있었다. 그리고 강은비가 나왔을 때 뒤를 따라갔다.

강은비는 친구들과 학교를 빠져나가 근처에 있는 골목길로 걸어갔다. 그리고 사람이 오가지 않는 골목에서 담배를 피웠다. 덩치가 큰 애도 있었고, 머리가 산발인 애도 있었다. 모두들 담배 연기를 내뿜으며 바닥에 침을 이리저리 뱉어댔다. 강은비는 무덤덤한 얼굴로 허공을 보며 담배를 피웠다.

담배를 다 피우자 그들은 다시 골목에서 나와 어딘가로 향했다. 길을 걸으면서 지나다니는 사람들을 노려보는 애도 있었고, 앞에다가 침을 뱉는 애도 있었다. 금방 시비가 붙어도 이상하지 않을 상황이었다. 그들은 근처에 있는 노래방으로 들어갔다. 지나루와 나는 밖에 서 있었다.

하늘이 어두워질 무렵 그 애들이 밖으로 나왔다. 다시 담배를 피우고 도로로 나와 인사를 하더니 뿔뿔이 흩어졌다. 우린 강은비를 쫓아갔다.

지나루는 그 아이가 낡은 빌라 안으로 들어갈 때 따라가 말을 걸었다. 나는 담 앞에 서서 둘의 얘기를 들었다.

"은비야."

"깜짝아, 뭐야 너?"

"잠깐 얘기 좀 해."

"네가 여기 어떻게 있어? 나 따라왔어?"

"미안, 둘이 얘기하고 싶어서."

"돌았구나, 진짜."

"잠깐 얘기 좀 해."

라이터의 부싯돌이 돌아가는 소리가 들렸다. 담배를 피우는 듯했다.

"부잣집 따님이 여기서 왜 이러고 있어? 이러지 말고 엄마한테나 가봐. 너네 엄마가 찾겠다."

"우리 엄마가 너한테 뭐라고 한 거야?"

"응, 뭐라고 하더라. 근데 나도 네가 진절머리 나던 참이라, 그런 말 해줘서 고마웠어."

"미안해, 정말. 우리 엄마가 뭐라고 했는지는 모르겠는데 내가 사과할게."

"응, 그래, 그럼 가봐. 이제 두 번 다시는 쫓아오지 말고 말도 걸지 말고."

"은비야."

"뭐 어쩌라고. 알았다고 했잖아, 그러니까 가라고."

"나 너랑 예전처럼 지내고 싶어."

"이래서 불쌍하다고 잘해주면 안 된다니까. 난 널 친구로 생각한 적이 없다니까? 그냥 불쌍해서 놀아준 거라고. 그게 다야. 근데 이젠 귀찮아. 그러니까 꺼져. 가서 너한테 어울리는 애들이랑 놀아."

강은비는 빌라 안으로 들어갔다. 지나루는 고개를 떨어뜨렸다. 울고 있는 것처럼 보였다. 나는 고개를 들어 밤하늘을 봤다. 어둠이 짙어져 있었다.

쉬는 시간, 잠을 자고 있는데 소란스러운 소리 때문에 깼다. 교실뿐만이 아니라 복도도 무척 소란스러웠다. 잠깐 고개를 들자 한 아이가 말하는 게 들렸다.

"지나루 얻어맞고 있다는데?"

나는 자리에서 일어나 사람들이 몰려드는 곳으로 빠르게 갔다. 부디 강은비와 지나루의 일은 아니길 바랐다. 하지만 바라는 건 절대 이뤄지지 않았다.

강은비네 반 주변에 사람들이 잔뜩 모여 있었다. 그리고 교실 안에도 사람이 몰려 있었다. 나는 안을 들여다봤다. 강은비가 지나루의 머리카락을 움켜쥐고 뺨을 때리고 있었다.

"내가 만만해 보여? 내 말이 우습지? 아니면 시비 거는 거야? 야, 말 좀 해보라고. 왜 자꾸 와서 난리야!"

"너랑 화해하고 싶어."

지나루는 얼굴이 빨개진 채로 몸을 웅크리면서도 강은비를 보려고 했다. 강은비의 친구들은 그 주변에서 흥미진진한 얼굴로 구경을 했다. 학교 애들에게 둘러싸여 고개를 숙이고 있던 이하은이 스쳐 지나갔다.

나는 사람들을 밀어내고 안으로 들어갔다. 남의 일에 끼어드는 오지랖이라 해도 상관없었다. 나는 강은비가 휘두르는 팔을 잡았다. 그리고 그 아이를 똑바로 쳐다봤다.

여기서 벌어지는 모든 상황을 부수고 싶었다. 친구를 때리는 강은비도, 그 모습을 보며 비웃는 강은비의 친구들도, 이 장면을 구경하며 수군대는 애들도, 흥미진진한 얼굴로 동영상을 찍는 애들도 다 박살 내버리고 싶었다.

나는 강은비의 얼굴을 뚫어져라 보다가 말했다.

"무섭지? 네가 배신자였을까 봐. 돌이키자니 너무 멀리 와버린 것 같고, 그치?"

사납던 강은비의 눈빛이 잠깐 흔들렸다. 그 말이 끝나자마자 한 남자 애가 내 멱살을 잡았다.

"이 새끼 뭐야?"

나는 그 남자 애를 신경 쓰지 않았다. 알고 있었다. 이 공간에 있는 애들이 지나루와 나를 적으로 간주하고 있다는 것을. 몇 마디 욕이 들리고 내 얼굴로 주먹이 날아왔다. 입에서 피가 조금씩 났지만 딱히 상관없었다. 강은비만 쳐다봤다. 이 정도면 된 거 아니냐는 눈으로.

그때 슬리퍼를 끄는 발소리가 들렸다. 윤건이었다.

"뭐 하냐?"

그 한마디에 모든 상황이 끝났다. 날 때리던 남자 애도 사라졌고, 구경을 하던 애들도 눈치를 보다가 자기 반으로 돌아갔다.

나는 바닥을 내려다보며 숨을 내뱉었다. 원래 싫어하던 곳이었으니 차라리 잘됐다는 느낌도 들었다.

"가자."

내 말에 지나루는 아무 말 없이 나를 따라왔다. 나는 교실로 돌아가 가방을 메고 그대로 학교를 나왔다. 다시는 학교에 오지 않겠다고 다짐한 건 아니었다. 그저 지금은 한시라도 빨리 이 공간을 벗어나고 싶었다.

계단을 내려가는 내내 지나루가 맞고 있는 걸 흥미진진한 얼굴로 지켜보던 애들의 모습이 스쳐 지나갔다. 핸드폰으로 동영상을 찍던 애들도, 더 하라며 부추기던 애들도 다 진절머리가 났다.

학교 건물을 나가려는데 누군가 내 어깨를 붙잡았다. 뒤를 보니 강별이 서 있었다.

"어디 가?"

"몰라."

"일단 진정하고 들어가자."

이 아이는 왜 자꾸 내 삶에 끼어드는 걸까? 왜 자꾸 끼어들어 날 흔드는 걸까?

"뭔데 자꾸 나한테 이래라 저래라야? 오지랖 떨지 말고 비켜."

나는 화가 나 있었다. 분노의 감정을 느껴보는 건 오랜만이었다. 난 왜 이토록 화가 난 걸까? 나는 강별의 팔을 뿌리치고 지나루와 함께 밖으로 나갔다.

큰소리를 치고 밖으로 나왔지만 지금 이 시간에 우리를 환영하며 받아줄 곳은 없었다. 나는 근처에 있는 공원으로 갔다. 지나루와 함께 벤치에 앉았다. 하늘은 더 이상 깨끗할 수 없을 정도로 깨끗했다. 학교에서 도망치길 잘했다는 듯했다. 지나루의 머리는 다 헝클어져 있었고, 양쪽 뺨은 부어 있었다.

"이거보다 더 상처받을 수도 있어. 그래도 괜찮아?"

지나루는 흐리멍덩한 눈으로 고개를 숙이고 한참을 있었다. 나도 바닥을 멍하니 바라봤다.

이 정도로 피하는 것을 보면 어떤 오해가 단단하게 굳어버린 것이다. 지나루와 강은비 그 둘의 사이가 어떤 관계였는지 나는 조금도 알지 못했다. 하지만 둘의 관계가 사랑이었다는 것은 알고 있었다. 강은비는 지나루를 밀어내면서도 많이 아팠던 것이다. 한쪽이 한쪽에게 화를 내고 짜증을 내는 건 실제로 상대가 싫어서라기보다 자신이 많이 아팠음을 알아주길 바라는 다른 표현일 수도 있었다. 하지만 대부분 거기에서 많은 오해가 생겨 완전히 멀어져버린다.

절대로 강은비의 행동이 옳다고 말하는 건 아니다. 하지만 저 둘 사이에서는 당하는 사람이나 가하는 사람이나 모두 아파 보였다. 어쩌면 지나루는 단단히 굳은 강은비의 상처가 녹을 때까지 다가가려고 해야 할지도 모르겠다. 그것들이 다 녹기 전에 포기한다면 어쩔 수 없지만.

다음 날, 학교에는 지나루의 어머니가 찾아왔다. 나루의 얼굴을 보고 화가 많이 난 상태였다. 지나루가 자세한 이야기를 하지 않았는지 아주머니는 빨리 가해자를 찾아내라며 난리를 쳤다.

2학년 담임을 맡은 선생들은 모두 자신의 반으로 돌아가 그 사건에 대해 캐묻기 시작했고, 금방 강은비와 나는 교무실로 끌려왔다. 강은비는 폭행을 했다는 이유였고, 나는 학교에서 데리고 나갔다는 이유였다.

"학교는 왜 나가? 네가 나루 데리고 나갔어?"

담임이 소리쳤다.

"예."

"제정신이야? 넌 징계할 거야."

"예."

"여기서 진술서 적어. 어제 있었던 일 하나도 빠짐없이 다 적어."

내가 진술서를 적고 있는 동안 강은비의 담임은 강은비의 뺨을 때리는 아주머니를 말리고 있었다. 나는 그 모습을 보다가 진술서를 적었다.

잠시 후 교실 문이 거칠게 열리면서 초라해 보이는 한 아저씨가 화가 난 얼굴로 들어왔다. 그 아저씨는 아주머니를 말리고 있던 선생에게 다가가 말했다.

"은비 아빱니다."

"오셨군요. 일단 앉으시겠어요?"

아주머니는 벌레 보는 얼굴로 아저씨를 쳐다봤다.

아저씨는 선생의 말을 듣다 말고 분노로 가득 차 강은비의 얼굴에 손을 날렸다. 단순 체벌의 수위가 아니었다. 강은비의 고개가 돌아갈 정도였지만 그 애는 눈물도 흘리지 않고 입을 굳게 다문 채 가만히 있었다.

"밥 세 끼 다 처먹이고 학교 보내니까 친구를 때려?"

아저씨는 아주머니에게 고개 숙여 사과를 하다가 강은비의 머리를 후려치고 말했다.

"빨리 사과 안 드려? 똑바로 고개 숙여서 사과드려!"

강은비는 머리를 계속 맞으면서도 눈에 힘을 주고 아무 말도 하지 않았다.

나는 다 적은 진술서를 담임에게 내고 교무실에서 나왔다. 교무실 앞에 지나루가 서 있었다. 괴로운 얼굴로 날 보고 있었지만 난 그 얼굴을 보지 못한 척하고 교실로 올라갔다.

자리에 앉자 강별이 물었다.

"어떻게 됐어?"

"징계받아."

"네가 왜 징계를 받아. 내가 선생님한테 가서 말해볼게."

"네가 왜?"

"네가 잘못한 게 아니잖아."

"학교 규칙 안 지켰으니까 잘못한 거지."

"그래도 징계까지는."

"됐어. 신경 끄고 네 일이나 해."

"왜 난 친구가 될 수 없는 거야?"

"내가 능력이 없으니까."

"그게 무슨 상관이야?"

"상관있어. 뒤에 올 책임이 있으니까."

"그게 뭔데?"

"지켜내야 하는 거. 지킬 수 없으면 쳐다보지 말아야지."

강별은 나를 보다가 고개를 돌렸다.

교무실에서의 소동이 어떻게 끝났는지 알 수 없었다. 난 그저 징계위원회가 열리길 기다렸다.

과거

　며칠이 지나지 않아 이하은과 그 남자 애는 헤어지게 됐다. 그런 소문은 순식간에 퍼졌다. 하지만 그 얘기를 듣자마자 마음이 아팠다. 잊자고 다짐했던 그 아이가 걱정됐다. 나는 집에 틀어박혀 이하은에 대해 생각하다가 밤이 됐을 때 결국 밖으로 나왔다.

　이하은은 집 앞 계단에서 얼굴을 파묻고 울고 있었다. 내가 왔는지도 모르고 있었다. 나는 가로등 아래에서 울고 있는 그 아이를 가만히 바라봤다.

　왜 울고 있냐고 화를 낼 수 없었다. 그저 내 앞에서 울고 있는 이 아이는 누군가와 헤어졌을 뿐이었다.

그리고 난 다른 사람 때문에 울고 있는 이 아이를 바라보며 어쩔 줄 모르고 있었다. 난 다른 사람 때문에 울고 있는 이 아이를 좋아하고 있을 뿐이었다. 좋아하는 사람의, 그것도 유일하게 좋아하는 사람의 눈물을 보는 것은 괴로운 일이었다. 내 세계가 부서지는 아픔이었다.

이하은은 한참을 울다가 고개를 들어 나를 봤다. 그리고 그 자리에서 일어나 나를 껴안았다.

나는 멍하니 앞을 바라보다가 말했다.

"왜 헤어졌어?"

"그 아이와 만나고부터 네가 날 피했으니까. 왜 날 피한 거야?"

"널 볼 때마다 살고 싶지 않았으니까."

"그럼 난 어떻게 해야 해?"

난 그 아이의 얼굴을 바라보다가 고개를 떨어뜨렸다. 이번 만큼은 제대로 말을 해야 했지만 머뭇거렸다. 나는 숨을 길게 내뱉고 말했다.

"나, 너 좋아해."

"미안해."

"왜 난 안 되는 거야?"

"너랑은 끝까지 친구로 지내고 싶어. 친구로 지낸다면 잃지 않을 테니까."

"왜 잃을 거라고 생각하는 거야?"

"너와 사귀면 난 널 잃을까 봐 매일 전전긍긍하며 집착하게 될 거야. 그럼 넌 그런 내 모습에 실망할 거고."

"실망 안 해. 네가 어떻게 행동해도 난 괜찮아."

"내가 괜찮을 리가 없잖아."

"좋아하는데도 다가갈 수 없는 것보다 더 아픈 일이 있을 수 있어?"

이하은은 고개를 끄덕였다.

"대체 그게 뭔데?"

"버려지는 거야."

그 말은 칼로 변해 내 심장을 깊숙이 찔렀다. 하지만 여기서 물러설 수 없었다. 이번이 마지막이었기 때문이다.

"나는 절대로 널 버리지 않아. 절대로 잊지 않을 거니까. 이 세계가 아프고 힘들고 실망할 것들로 넘쳐난다고 해도, 모든 것들이 날 불행하게 만들려고 해도 그래도 나는 너한테 갈게. 그러니까 거기에 가만히 있어. 오지 않아도 돼. 내가 갈 거니까. 난 지금 여기 있으니까."

이하은은 그 말을 듣고 고개를 떨어뜨렸다. 그리고 한참 동안 고개를 숙이고 있다가 말했다.

"미안해."

나는 멍하니 담을 바라보다가 계단을 내려왔다.

어둡고 텅 빈 골목길을 걷다가 다리에 힘이 풀려 주저앉았다. 더 이상 내가 할 수 있는 게 아무것도 없다는 생각이 들자 눈물이 흘러내렸다.

나는 딱 그 나이에 느낄 수 있는 감정을 느꼈고, 그 서투른 감정을 어떻게 다뤄야 하는지 몰랐다. 그저 그 낯선 감정 속에서 허우적거릴 수밖에 없었다.

11장

후회

조회가 시작됐지만 강별은 오지 않았다. 나는 빈자리를 바라봤다. 담임은 의미 없는 말을 늘어놓다가 반장이 오늘 학교에 못 나온다고 말했다. 아버지의 기일이라 나올 수 없다고 했다. 내가 신경 쓸 문제도 아니었고 신경 써서도 안 됐다. 그런데도 그 아이가 했던 말이 머리를 떠나지 않았다.

"왜 난 친구가 될 수 없는 거야?"

나는 학교가 끝날 때까지 빈자리를 바라보다가 편의점에 전화해 급한 일이 생겨 아르바이트를 가지 못한다고 전했다. 지나루에게도 오늘은 편의점에 오지 말라고 했다.

나는 강별의 집 앞으로 갔다. 왜 이런 행동을 하고 있는지

나도 알 수 없었다.

강별이 나오지 않아도 됐고, 마주치지 않아도 상관없었다. 그저 이곳에 있고 싶었다. 나는 골목길에 놓인 가로등 밑에 가만히 서 있었다. 이곳은 움직임이라는 게 극히 적었다. 가끔 멀리서 자동차가 지나다니는 것을 보고 현실이 제대로 돌아간다는 것을 알 수 있었다.

어느 순간 가로등이 켜졌다. 나는 밤하늘을 올려다봤다. 은색이던 달이 노란색으로 바뀌어 있었다. 누구를 기다리고 있는 건 오랜만이었다. 생각해보면 이하은 이외에 다른 사람을 기다려본 적이 없었다.

이하은. 그저 떠올리는 것만으로도 많은 생각을 하게 만드는 이름이었다. 그 아이를 생각하면 내게 남은 것은 후회밖에 없었다. 그리고 그 후회는 대개 이런 것들이었다. 그 아이에게 어떤 질문이든 할 수 있었던 5분의 시간을 헛되이 날려버린 것, 그 아이가 날 불렀을 때 한 걸음을 걷지 않은 것, 옆에 있어줘야만 했을 때 내가 도망쳐버린 것.

만약, 누군가에게 어떤 질문이든 할 수 있는 기회가 온다면 난 어떤 질문을 해야 할까. 그리고 그 사람이 내가 사랑하게 될 사람이라면 난 어떤 질문을 해야만 할까. 아마 똑같은 기회가 온다고 해도 같은 실수를 반복할 것이다. 나는 늘 기회가 사라져버리면 알게 된다. 그 기회가 마지막일 수도 있었다는 것을.

숨을 길게 내뱉자 다시 의식이 이 세계로 돌아왔다. 나는 멍하니 바닥에 있는 내 그림자를 바라봤다. 내 그림자 옆에 또 다른 그림자가 보였다. 고개를 드니 강별이었다. 나를 가만히 쳐다봤는데 많이 울었는지 눈이 부어 있었다.

"네가 여기 왜 있어?"

"그냥. 있고 싶어서."

강별은 나를 보다가 고개를 옆으로 돌렸다. 어떻게든 울지 않으려고 애쓰는 모습이었다.

나는 지금까지 이 아이가 어떤 무게의 짐을 짊어진 채로 살아왔는지 알지 못했다. 하지만 그게 어떤 종류의 무거움인지는 어렴풋이 알았다.

강별은 손으로 눈을 한 번 닦고 말했다.

"들어가볼게."

나는 고개를 끄덕였다.

강별이 들어가고 나는 하늘에 떠 있는 노란 달을 봤다. 그 아이의 눈빛은 내게 책임을 묻고 있었다. 왜 그토록 모질게 대해왔던 거냐고. 내가 겁이 많아져버렸기 때문일까. 내가 지켜야 할 사람을 지키지 못했기 때문일까. 아니면 내 상처 때문에 강별에게 기대고 싶었던 걸까.

담임은 조회 시간 때 나에게 오늘 징계위원회가 열릴 것
이라고 말했다. 나는 조회가 끝나고 편의점 점장에게 전화
를 걸어 상황을 설명했다. 점장은 요즘 내가 좀 이상해졌다
면서 자꾸 이런 식이면 곤란하다고 했다. 나는 죄송하고 말
했다. 점장은 마지못해 전화를 끊었다.

나는 수업 도중에 학생부 선생에게 끌려갔다. 지나루가
나를 쳐다봤지만 나는 괜찮다는 얼굴로 밖으로 나갔다.

지금까지 있는지도 몰랐던 어떤 방으로 들어가자 여섯 명
의 선생들이 심각한 얼굴로 앉아 있었다. 그 앞에는 강은비
와 남자 애 두 명이 서 있었다. 내가 그들 사이에 끼자 선생
들은 이런저런 얘기를 하다가 징계 사유를 확인했다. 강은
비는 폭행, 두 남자 애는 담배 때문이었고, 나는 담임의 통제
에 따르지 않았다는 이유였다. 하지만 벌은 모두 똑같았다.
일주일간 수업이 끝나면 학교 청소를 해야 했다.

나는 지나루와 점심을 먹다가 말했다.

"일주일 동안 나 편의점 못 가. 학교 끝나고 청소해야 해
서."

"같이 해."

"뭘 같이 해, 먼저 가."

"나 때문에 이렇게 된 거잖아."

"너 때문에 그런 거 아니라고."

"기다릴 거야."

지나루는 한 번 고집을 부리면 꺾기가 힘들었다. 난 포기하고 마음대로 하라고 했다.

학교가 끝나고 야간자율학습을 하는 애들이 저녁을 먹으러 내려갈 때 난 교무실로 갔다. 징계를 받는 애들은 이미 와 있었다. 학생부 선생이 청소 구역을 배정해주었다. 청소가 끝나면 개별적으로 검사를 맡아야 했지만 모두가 끝나야만 집으로 돌아갈 수 있었다.

강은비와 내가 3층을 맡았고, 나머지 애들이 4층을 맡았다. 선생은 공평하게 분량을 할당해주고 교무실로 돌아갔다. 선생이 가자마자 4층을 청소하기로 했던 남자 애들이 3층으로 내려와 강은비에게 말을 걸었다. 강은비도 말은 하고 있었지만 대화에 집중한다는 느낌은 들지 않았다. 나는 내 구역을 빠르게 끝냈다. 내가 쓸기를 끝낼 때쯤 남자 애들은 4층으로 올라갔다.

나는 청소를 끝내고 검사를 맡았다. 학생부 선생은 트집을 잡아내려고 했지만 잡을 만한 게 없었다. 검사가 끝나고 나는 강은비를 도왔다. 어차피 모든 청소가 끝나야 돌아갈 수 있었기 때문이다. 청소를 하는 동안 그 아이와 나는 한마디도 하지 않았다.

3층 청소가 끝나고 교무실 앞에 서서 남자 애들이 청소를 끝내길 기다렸다. 모두가 야간자율학습을 하러 들어가 복도는 텅 비어 있었다. 나는 앞에 있는 교무실 문을 쳐다보다가 말했다.

"그때 마음대로 떠들었던 거 사과할게. 미안."

"그 애랑 무슨 사이야? 남자친구?"

"친구."

"근데 왜 그렇게까지 해?"

"친구라는 이유로 설명이 안 되면 할 말이 없어."

"많이 친한가 보네?"

"친구라고 말할 수 있는 애가 그 애뿐이야."

"왕따 그런 건 아닐 거 같은데."

"왕따였어. 지금은 아니고."

노을이 지는지 복도 바닥이 주황빛으로 물들었다. 강은비는 창밖으로 몸을 돌렸다. 나는 가만히 벽을 바라봤다.

"왕따로 살 땐 어땠어?"

"편했어."

"그래?"

"귀찮은 일이 안 생기니까."

"지금은 불편한가 봐?"

"편하진 않지. 혼자였다면 지금 징계받을 일도 없었을 테고."

"그래서 후회해?"

"아니, 그러기엔 후회할 일이 많아서. 너한테 했던 말도 포함되고."

"그럴 필요 없어. 그냥 설명해줘, 그게 무슨 말인지."

"나루 일인데 내가 말해도 되는지 모르겠어."

"나루랑 내 일이니까 말해도 돼."

"지나루 어머니가 나한테 연락했었거든."

"걔는 모르고 있었어?"

"전혀."

"그래서 어떻게 했는데?"

"내가 하고 싶은 말만 하고 나왔어."

"그래서?"

"학교에서 엄청 맞았지."

"그런 사람이니까."

"네가 지나루한테 손 내밀었다며."

강은비가 고개를 돌려 나를 잠깐 쳐다봤다.

"처음 같은 반 됐을 때, 딱 봐도 혼자라는 걸 알 수 있었으니까. 그때도 걔네 엄마가 무슨 짓을 했던 거겠지만. 그땐 이유를 몰랐지. 반 애들이 나루를 괴롭히는데 그냥 도와주고 싶었어. 다르다는 이유로 혼자가 돼봤으니까."

나는 교무실에서 자신의 아버지에게 거칠게 얼굴을 맞던 강은비를 떠올렸다.

"나루 잘못은 아닐 거야. 누구에게 상처줄 애가 아니잖아. 다른 사람의 입을 통해서 듣는 얘기는 오해가 생기기 쉽지."

강은비는 아무 말도 하지 않고 다시 창밖을 바라봤다. 적막이 감돌았다. 나도 더 이상 아무 말 하지 않고 고개를 돌렸다. 얼마 후 강은비가 무겁게 한숨을 내뱉었다.

"나루 엄마가 하루에 한 번씩 전화를 했어. 어떤 날은 내 부모님이랑 나를 두고 천박하다느니, 가난뱅이들은 뻔뻔하다느니 하는 말을 했고, 어떤 날은 나루가 나 때문에 너무 힘들어한다고, 그러니까 그만 괴롭히라는 말도 했어. 전화를 안 받으면 학교로 찾아와서 모욕을 주고. 매일 그런 말을 들으니까 뭐가 뭔지 모르겠고 그냥, 나루만 옆에 없으면 다 괜찮아지지 않을까 생각하게 됐어. 그래서 못되게 굴었는데, 그래도 내 옆에 있으려고 하더라. 그 모습을 보니까 내가 더 싫어지는 거야. 꼭 그 아주머니가 된 기분이었어. 그러다 보니 더 못되게 굴었고."

"누구였더라도 힘들었을 거야."

"나루가 그럴 애 아니라는 거 알고 있었는데, 나루한테 화풀이한 거야. 나도 후회했지만, 이젠 뭘 어떻게 해야 할지 모르겠더라."

"아무것도 안 해도 돼. 네가 아무것도 하지 않아도 다가올 애니까."

강은비는 숨을 길게 내뱉고 고개를 끄덕였다.

"만날 수 있겠어?"

강은비는 잠시 답이 없다가 결심한 듯 말했다.

"응."

"둘이 만나는 게 편하겠지?"

"너도 같이 가."

"그럼 징계 끝나고 나루한테 말할게."

"근데 괜찮을까?"

"뭐가?"

"며칠 전에도 나루한테 심하게 말했거든. 우리 집까지 따라왔길래."

"알아. 미안하지만 나도 거기에 있었어."

"뭐야, 너도 있었어?"

"응."

"그럼 다 봤다는 거네?"

"응."

"나 되게 싫겠다."

"별로. 힘들겠다고 생각했어."

"뭐가?"

"무시당하지 않으려고 눈에 힘주고, 싸우고 싶지 않아도 싸워야 하는 거."

"너도 아네."

"나도 그랬으니까."

강은비는 잠깐 내 눈을 바라보다가 말했다.

"아빠가 회사에서 잘리고 나서부터 매일 술을 마셨어. 술에 취하면 날 때렸고. 집에서 맞고 크는 애들은 티가 나나 봐. 학교에 들어갔는데 다 날 함부로 대하는 거야. 그래도 내가 잘해주면 괜찮아질 거라고 생각했어. 아빠도, 나루 엄마도, 친구들도. 그런데 아니더라. 잘하려고 하면 할수록 깔보고 무시했어. 그래서 그렇게 생각했어. 사람들한테 깔보이지 않으려면 잘해주면 안 된다고. 나루랑 멀어지고 나서부터는 못된 짓도 되게 많이 했어. 내가 잘못해도 화내고, 나보다 약하다는 이유로 괴롭히고."

난 강은비의 손목에 있는 흉터를 보고 말했다.

"그래서 손목을 그렇게 만들었어?"

강은비는 곧바로 자신의 팔을 돌려 손목이 보이지 않게 했다.

"모르겠어. 더 이상 무시당하지 않아서 좋다고 생각했는데, 그런 짓을 하고부터는 마음이 편했던 적이 한 번도 없었어. 나도 모르게 한숨이 나오고, 차라리 죽을까 생각했던 적도 있고."

"이제 안 그러면 되지."

강은비는 고개를 끄덕이고 희미하게 미소를 지었다.

징계가 완전히 끝나고 나는 지나루와 밥을 먹다가 말했다.

"강은비랑 얘기했어."

"어?"

"같이 징계받을 때 얘기 좀 했거든. 내가 낄 문제가 아닌데 껴서 불쾌하면 미안해. 이번 주 토요일에 셋이 만나기로 했는데, 괜찮아?"

"만나기로 했다고?"

"응, 너랑 나랑 강은비, 셋이."

"어떻게?"

"그냥, 얘기했어."

지나루는 믿기 어렵다는 얼굴로 나를 보다가 내 손을 잡았다.

"고마워."

나는 만날 장소와 시간을 말했다.

"가서 무슨 말을 해야 하지?"

"몰라. 근데 억지로 말을 만들 필요는 없지 않을까. 만나는 것만으로도 충분하다고 생각해."

약속 날이 됐다. 나는 조금 일찍 카페에 도착했다. 이미 와 있던 지나루는 한숨도 못 잔 얼굴로 나에게 말을 건넸다.

"밥은 먹었어?"

"너는?"

"못 먹었어. 이상하게 배가 안 고파."

"괜찮은 거야?"

"응, 근데 조금 떨려."

"편하게 생각해."

강은비는 약속 시간에 맞춰 도착했다. 그 아이가 내 옆에 앉자 지나루는 안절부절못하며 머리와 손가락을 계속 움직였다. 그런 반면 강은비는 침착한 얼굴로 테이블을 보고 있 있다.

나는 두 사람이 마실 것을 주문하고 다시 자리에 앉았다. 자 리는 고요 그 자체였다. 나는 음료가 빨리 나오길 기다렸다.

강은비가 먼저 그 적막을 깨뜨렸다.

"미안."

지나루는 정신을 못 차리고 고개를 이쪽저쪽으로 움직이 다가 간신히 정신을 부여잡고 말했다.

"아니야, 내가 미안해."

주문한 커피가 나왔다. 뜨거운 커피를 각자의 자리에 놓 아두고 나는 자리에서 일어났다. 이제는 빠져야 할 때였다. 강은비가 나를 따라 시선을 올렸다. 나는 잘해보라는 얼굴 로 지나루의 어깨를 가볍게 치고 밖으로 나왔다.

밖으로 나오자마자 밝은 햇빛이 나를 반겼다. 잠깐 눈을 제대로 뜰 수 없을 정도였다. 나는 손으로 햇빛을 가리고 서 있다가 천천히 편의점으로 걸어갔다. 두 사람이 어떤 얘기 를 주고받고 그 얘기가 어떤 식으로 끝날지는 모르겠지만, 둘 모두 다가가기 위해 노력하고 있었기 때문에 멀어질 순 없을 거라는 생각이 들었다.

학교 점심시간이었다. 급식실로 내려가 급식을 받고 자리에 앉자 내 앞에 강은비가 식판을 내려놓았다.

나는 젓가락으로 반찬을 집으면서 물었다.

"친구들이랑 안 먹어도 돼?"

"매일 먹는데 하루 같이 안 먹는다고 무슨 문제가 생기진 않아."

나는 고개를 끄덕였다.

"어떻게 됐는지 안 궁금해?"

"아마 잘됐으니까 여기 앉았겠지?"

"나루한테 들었어?"

"아니, 아직 아무 얘기 못 들었어."

"그것보다, 너한테 고맙다는 말을 못 한 것 같아서. 고마워."

"난 한 게 없는데."

"아무튼 고마우니까 그렇게 알아."

나는 살짝 미소를 지었다.

"웃을 줄도 아네? 그런 거 모르는 줄 알았는데."

"뭐, 그렇게 됐네."

"이번 주 바빠? 나루랑 한강 가기로 했는데 같이 가자."

"몇 시에?"

"밤에 가려고."

"아르바이트 뺄 수 있으면 빼고, 안 되면 못 가고."

학교가 끝나고 나는 점장한테 이번 주 토요일 아르바이트를 뺄 수 있는지 물어봤다. 점장은 일단 다른 사람을 찾아보고 연락을 주겠다고 했는데, 요즘 계속 이런 식으로 빠져서 목소리가 좋지 않았다.

과거

나는 더 이상 이하은을 찾지 않았다. 그 아이의 얼굴을 보지 않으니 그런 대로 잊을 수 있겠다는 생각도 들었다. 그런데 그 아이의 아버지가 저질렀던 범죄가 소문으로 빠르게 학교에 퍼져나갔다. 같은 반인 남자 애가 그 기사를 반 애들에게 돌린 것이었다. 그리고 그 기사가 다른 반 애들에게 넘어가고, 또 다른 반으로 넘어가 내가 있는 곳까지 오게 됐다.

애들이 그 기사를 보면서 말했다.

"와, 착한 앤 줄 알았는데 완전 소름이다."

"강간이래. 진짜 더럽다."

모두가 이하은과 이하은의 아버지를 욕하고 있었다. 다들 자신의 기준을 들이밀며 옳고 그름을 판단하고 있었지만, 그 누구도 이하은이 상처받는 건 신경 쓰지 않았다.

"이하은이 누구야? 걔 아빠가 이러면 걘 걸레 아니야? 얼굴 보러 가보자."

한 남자 애의 말에 나머지 애들이 우르르 몰려나갔다.

나는 잠깐 동안 책상을 뚫어져라 보다가 자리에서 일어나 복도로 나갔다.

이미 이하은의 반 앞에 굉장히 많은 애들이 기웃거리고 있었다. 몇 명은 핸드폰으로 동영상까지 찍고 있었다. 나는 그쪽으로 천천히 걸어갔다. 그 중심에 가까워지면 가까워질수록 그들의 목소리가 선명하게 들렸다.

"야, 쟤네 아빠 강간범이라며? 그럼 쟤도 그런 애 아니야?"

"진짜 심각하다. 당한 사람은 무슨 죄야?"

"지금까지 한 행동을 봐. 다 연기였어. 진짜 대박이다."

복도에 있는 창문으로 교실을 들여다보았다. 이하은이 고개를 푹 숙이고 있는 게 보였다. 그 아이와 늘 붙어 다니던 여자 애들은 혐오스러운 눈으로 수군거리고 있었고, 몇몇 남자 애들은 자신이 기자라도 된 양 이하은에게 주먹을 들이밀며 질문을 하고 있었다.

그 안으로 들어가 모두를 없애버리고 싶었다. 아무 잘못도 하지 않은 한 사람에게 고통을 주고 있었으니 불만은 없을 거였다. 하지만 난 들어가지 않았다. 변명의 여지 없이 더 이상 상처받고 싶지 않았다.

그날 이후로 이하은은 학교에 나오지 않았다. 그 기사를 퍼뜨린 애는 그 아이와 사귀던 남자 애였다. 나는 그 남자 애를 포함해 이하은에게 상처준 많은 애들을 비난할 수 없었다. 나도 그들과 다를 바 없었기 때문이다.

나는 내가 살아오던 삶으로 돌아갔다. 지켜야 할 것이 아무것도 없는 삶. 이 변화가 큰 변화인지 그저 그런 변화인지는 알 수 없었지만 내 삶에서 이하은을 빼니 남은 게 아무것도 없었다.

의지라는 것이 완전히 사라져 나는 시키는 것만 했다. 책도 읽지 않았고 노래도 듣지 않았다. 싸워볼 용기나 의욕도 없었다. 그러자 오히려 마음이 편했다. 더 이상 상처받을 일이 없다는 생각이 들었기 때문이다.

하지만 이 세계는 그리 따뜻하지 않았다. 며칠이 지나고 이하은이 자살했다는 소식이 들렸기 때문이다. 그저 반 애들이 흔하게 지어내는 거짓말이라고 생각했다. 하지만 거짓이라고 생각한 말에도 내 심장은 요동을 쳤다.

나는 곧바로 이하은의 담임을 찾아가 정확한 사실에 대해 물었다. 선생은 고개를 떨어뜨리고 아무 말도 하지 않았다. 이 사람을 비난할 이유는 없었지만 빨리 대답하라고 소리를 지르고 싶었다.

나는 학교를 뛰쳐나와 그 아이의 집 앞으로 갔다. 그리고 문자를 보냈다. 기다릴게, 라고.

나는 그 골목에서 하루 종일 서 있었다. 문만 열린다면 뭐가 어떻게 됐든 상관없다고 생각했다. 오늘 나오지 않아도 상관없었다. 이하은이 살아 있기만 하면 이 길로 나올 수밖에 없다고 생각했다.

학교 같은 건 조금도 신경 쓰이지 않았다. 학교에 가지 않고 매일 이곳으로 오면 그 아이와 마주칠 것이라고 믿었다. 하지만 그 이후로 나는 그 아이를 볼 수 없었다.

나는 내가 했던 행동에 대해서, 내 사람을 지키지 못했다는 것에 대해서 나를 용서할 수 없었다. 끝도 없이 나를 원망했고, 저주했다.

12장

살아남는 방식

나는 잠을 자다가 한강에 갈 준비를 했다. 지나루와 강은비는 이미 도착해 있다고 했다. 지하철역에서 내려 바로 가면 더 빨리 갈 수 있었지만 난 역 근처에 있는 다리를 건너서가고 싶었다.

　역에서 내려 다리가 있는 출구로 나왔다. 밖으로 나오자밤바람이 몸으로 스며들었고, 차들의 움직임 소리가 선명히들렸다. 서너 명의 사람이 다리 난간 앞에 서서 야경을 보고있었다. 나도 발걸음을 멈추고 밑을 내려다봤다. 차들이 쉴새 없이 오갔다.

　그때 내 옆으로 자연스럽게 사람이 다가왔다. 살짝 고개를 돌리니 이하은이 있었다. 그 아이는 특유의 미소를 지어보였다. 나는 놀라지 않았다. 숨을 깊게 들이쉬었다 내뱉자 잠깐 동안 들리지 않던 차 소리가 다시 들려왔다.

"오랜만이야."

내 말에 그 아이는 고개를 끄덕이고 야경을 바라보다가 말했다.

"왜 그렇게 슬픈 눈을 하고 있어?"

"아파서."

"왜 아파?"

"벌 받고 있나 봐."

"네가 왜 벌을 받아?"

"너한테서 도망갔으니까."

"넌 도망가지 않았어. 내가 겁이 많았던 것뿐이야."

"넌 대체 어디 있는 거야?"

"여기 있잖아."

나는 고개를 돌려 이하은을 멍하니 바라보았다.

"넌 정말로 죽은 거야?"

"그건 네가 알겠지."

눈물이 흐를 것 같았다. 누가 내 안에 있는 것들을 산산조각 내는 느낌이었다. 이하은은 내 쪽으로 한 걸음 걸어와 예전처럼 나를 껴안았다.

그 아이가 내 옆에 있으니 무슨 일이 벌어져도 상관없겠다는 생각이 들었다. 지구가 이대로 사라진다 해도 괜찮았다. 나는 모든 것을 비추고 있는 달을 바라봤다. 이대로 죽어버리면 이하은과 같은 세계에서 살아갈 수 있을까, 그 세계에선 이 아이와 같이 평범하게 살아갈 수 있을까.

"환아."

"응."

"내가 원하는 게 있으면 들어줄 거야?"

"내가 할 수 있다면."

"날 잊어줄 수 있어? 내가 없는 이 세계에서 네가 잘 살아야만 해. 그게 내 부탁이야."

내가 들어줄 수 없는 부탁이었다. 이하은이 없다면 내 세계는 아무런 가치가 없었다.

"더 이상 나 때문에 소중한 사람들을 잃어버리지 마."

몇몇 사람들이 머릿속을 스치고 지나갔다. 분명 그들도 내게는 소중한 사람들이었다.

그 아이는 지금까지 봤던 그 어떤 미소보다 더 환하게 웃었다. 그리고 내 등을 쓰다듬더니 나를 지나쳐 갔다.

나는 멍하니 앞을 바라봤다. 알고 있었다. 지금 내가 뒤를 돌아보면 그 아이가 없을 거라는 것쯤은.

그래도 뒤를 돌아다보았다. 이하은은 없었다. 이번에는 쪽지도 없었다. 나는 그 아이가 죽었다는 걸 믿고 싶지 않았다. 내게 남겼던 쪽지를 꺼내려고 했지만 보이지 않았다. 지갑을 수십 번 확인해도 없었다. 그 쪽지가 사라지자, 내 안을 가득 채우고 있던 아주 커다란 조각이 사라진 느낌이었다.

공허했다. 나는 비어버린 조각을 찾기라도 하듯 하염없이 걸었다. 얼마나 걸었을까, 핸드폰이 울렸다. 강은비였다. 핸드폰에 뜬 이름을 보고서야 약속이 다시 생각났다.

"어디야?"

"미안, 가고 있어."

"무슨 일 있는 건 아니지?"

"아무 일도 없어."

"난 갑자기 일이 생겨서 먼저 가고 있는데 나루는 아직 너 기다리고 있으니까 빨리 가봐."

"응."

한강에 도착해 고개를 두리번거리며 지나루를 찾았다. 사람이 꽤 많았기 때문에 주변을 이리저리 돌아다니고 나서야 지나루가 강 바로 앞 벤치에 앉아 있는 걸 볼 수 있었다.

"왔네! 은비는 일 생겨서 먼저 갔어."

지나루는 예전과 똑같이 활짝 웃고 있었다. 나는 그 옆에 앉아 가만히 힌강을 바라봤다. 바람이 불어 물결이 움직이는 것을 보고 있자니 이하은이 떠올랐다.

"무슨 일 있었던 거야?"

"아니."

"가끔은 기대. 무슨 일인지는 모르겠지만."

나는 흘러나오는 숨을 내뱉고 가만히 그 아이의 어깨에 기댔다.

"네가 어떻게 살아왔는지는 모르겠어. 근데 스스로를 용서해줄 수는 없어?"

나는 고개를 들고 지나루의 얼굴을 바라봤다. 맞는 말이었다. 나는 무책임한 나를 용서할 수 없었다. 그래서 할 수 있는 한 나를 가혹하게 대해왔다. 나를 용서한다면 이하은의 죽음이 아무것도 아닌 게 되어버릴 것만 같았기 때문이다.

"저기, 윤환아."

"응."

"그때 말했던 퍼즐 말이야. 그게, 한 조각이 전체가 될 수도 있는 거야?"

"응."

"언제?"

"사랑할 때."

"사랑할 때?"

"응, 누가 가르쳐줬어. 이 세계에 그것보다 더 중요한 건 없다고."

나는 지나루를 데려다주고 집으로 돌아왔다. 잠 같은 건 오지 않았다. 방문을 닫고 불을 꺼놓은 채 의자에 가만히 앉아 있었다. 아무것도 보이지 않았다. 시계의 초침 소리만 규칙적으로 들려왔다.

눈을 감자 이하은과 보냈던 시간이 스쳐 지나갔다. 그 모든 일들이 꿈처럼 여겨졌다. 그리고 아름다운 꿈이 사무칠 정도로 슬프듯이 눈물이 흘러내렸다.

보고 싶었다. 그 마음이 커지면 커질수록 내가 했던 행동이 후회됐다. 만약 그때 한 걸음을 걸었다면, 그 아이에게서 도망치지 않았다면 지금 어떻게 달라졌을까? 그 아이의 죽음이 모두 나 때문이라는 생각에서 벗어날 수 없었다. 내가 할 수 있는 건 우는 것밖에 없었다. 어머니를 잃었던 여덟 살의 나와 조금도 달라진 게 없었다.

며칠 동안 난 죽은 사람처럼 행동했다. 아무에게도 반응을 보이지 않았다. 배도 고프지 않았고, 책도 읽고 싶지 않았다. 잠도 자지 않고 하루 종일 엎드려만 있었다.

지나루와 강별, 깅은비는 날 걱정했다. 그들에게 피해를 주면 안 된다고 생각하면서도 나는 무력감 속에서 벗어날 수 없었다. 상실의 아픔을 이겨낼 방법 같은 건 존재하지 않았다. 그저 그 아픔에 천천히 익숙해져갔다.

흐릿한 정신으로 학교에 나가 자리에 앉으려고 할 때 강별이 어색하게 인사를 했다.

"안녕."

나는 아무 말 없이 고개를 끄덕이고 자리에 엎드렸다. 그렇게 얼마나 지났을까 강별이 내 몸을 흔들었다.

"체육 시간이야."

어느새 4교시였다. 나는 몸을 일으켰다. 반 애들이 분주하게 밖으로 나가고 있었다.

나는 모두가 반에서 나갔을 때쯤 천천히 복도로 나왔다. 그러다 문득 확인하고 싶은 게 생겨 교실로 다시 돌아갔다.

문 쪽으로 걸어가면서 창문으로 교실을 봤다. 윤건이 보였다. 그 애가 강별의 자리에서 뭔가를 하고 있었다. 나는 제대로 확인하기 위해 교실 문을 열고 안으로 들어갔다.

윤건이 깜짝 놀라며 이쪽을 쳐다봤다. 얼굴에서 당황한 티가 역력히 드러났다. 하지만 그것도 잠시, 재빠르게 아무렇지 않은 얼굴로 나를 봤다.

"뭐 하냐."

내가 먼저 말했다.

"뭐 좀 두고 와서."

"훔치고 있는 거겠지."

"반 애들한테 말하든가. 어차피 네 말은 안 믿을 거니까."

"딱히 말할 생각 없어. 그런데 지금까지 네가 그랬던 거냐?"

"그래서 뭐 어쩌게?"

"나한테 피해 주는 건 이해가 되는데 강별한테는 왜?"

"좋아하니까."

"그게 무슨 상관이야."

"널 싫어하길 바라니까."

이제 대부분의 것들이 납득이 갔다. 처음부터 모든 문제를 일으켰던 사람은 윤건이었다.

"네가 그런 짓 안 해도 충분히 걘 나 싫어해. 그러니까 쓸데없는 짓 하지 마."

내 말이 끝나자마자 교실 뒷문이 열렸다. 고개를 돌리니 강별이 서 있었다. 강별은 굳은 얼굴로 윤건을 보았다. 표정으로 보아 처음부터 끝까지 대화를 들은 듯했다.

"너 대체 뭘 한 거야?"

"별아, 그게, 오해야."

"지금까지 다 너였던 거야?"

"아니야, 진짜 오해야. 반윤환이 계속 널 힘들게 하니까, 이럴 수밖에 없었어."

"네가 날 힘들게 만들었다고는 생각 안 해?"

"난 네가 걱정돼서 그런 거야. 이상한 애랑 자꾸 엮이니까."

"누가 이상한 건지 한번 곰곰이 생각해봐."

강별이 차가운 얼굴로 나가버리자 윤건은 다급하게 그 뒤를 쫓아갔다. 나도 천천히 밖으로 나갔다.

계속 해명을 늘어놓던 윤건은 운동장에 도착하자마자 아무 일도 없었다는 듯이 행동했다.

점심을 먹고 교실로 올라가는데 처음으로 학교 안에 사람이 이토록 많다는 것이 눈에 들어왔다. 복도에서 잡담을 하는 애들도 있었고, 뛰어다니며 장난을 치는 애들도 있었다. 핸드폰을 보고 있는 애들도, 양치를 하는 애들도, 창밖을 보는 애들도, 나처럼 걷고 있는 애들도 있었다.

그들을 보고 있으니, 어쩌면 이들이 잘못된 게 아닐 수도 있다는 생각이 들었다. 모두 어떤 상처를 받았고, 그 상처로 인해 어떻게든 스스로 살아남아야 한다는 생각을 가졌을 것이다. 그게 잘못된 것은 아니었다. 잘못된 것은 살아남는 방식이었고, 그건 이 세계의 탓인지도 몰랐다. 이 세계는 한 사람을 망가뜨리지 않아도 살아남을 수 있다고는 가르쳐주지 않았으니까.

아마도 그럴 것이다. 하루의 절반은 학교에 있어야만 했는데 그 학교는 늘 자신의 친구를 경쟁자로 생각하라고 말하고 있었다. 싸우지는 말고 경쟁은 하라고. 친하게는 지내고 경쟁은 하라고. 거짓말을 해서라도 이기라고, 그래야 친구보다 더 좋은 대학에 갈 수 있다고. 친구보다 대학이 중요하고, 사랑하는 사람보다 직장이 중요하다고 늘 말했다. 어쩌면 윤건의 그런 행동은 이 학교가 가르친 당연한 결과였는지도 몰랐다.

나는 아르바이트를 하면서 책을 읽었다. 요즘 지나루는 강은비와 시간을 보내느라 편의점에 거의 오지 않았다. 잘된 일이었다.

책장을 넘길 때 문소리가 났다. 고개를 드니 강별이 걸어오고 있었다. 교복이 아니라 청바지와 흰 티를 입고 있어서 바로 알아보지 못했다.

강별은 음료수 두 개를 들고 이쪽으로 왔다. 나는 바코드를 찍으며 말했다.

"괜찮아 보이네."

"괜찮지 않으면 안 되는 거야?"

"그냥, 좋은 일은 아니었으니까."

"어떻게 보면 좋은 일일 수도 있지. 진실을 알았으니까."

강별은 내게 음료수를 하나 건네며 말했다.

"넌 알고 있었지?"

"대충."

"근데 왜 말 안 했던 거야? 말했으면 오해하지 않았을 거 아니야."

"달라질 게 없으니까. 말해봤자 귀찮아지는 건 나야. 근데 아까 교실에는 왜 왔어?"

"그냥, 너 안 와서."

나는 고개를 끄덕였다.

"근데 신기하지? 너랑 나랑 안 싸우면서 대화하고 있으니까."

"너는 손님이고 나는 아르바이트생이니까."

"뭐?"

그 아이가 짧게 웃었다.

"그럼 손님은 왕이니까 하고 싶은 대로 하면 되겠네?"

"원하는 대로."

"그럼 하나만 물어볼게. 제대로 대답해."

나는 고개를 끄덕였다.

강별은 나를 빤히 바라보다가 말했다.

"넌 나 싫어하지?"

"아니."

"갈게."

강별은 문 쪽으로 걸어가다가 뒤를 돌아 말했다.

"아, 그리고 나 너 안 싫어해."

나는 그 말에 미소를 지었다. 왜 미소가 나왔는지는 알 수 없었다. 날 용서했다는 말로 들렸기 때문일까?

13장

두 부류의 사람

지나루가 강은비와 화해를 하고 나서부터였는지는 모르겠지만 지나루는 어느새 반 애들에게 자연스럽게 스며들었다. 다른 아이들도 이제는 딱히 지나루를 이방인처럼 대하지 않았다. 그리고 윤건은 어찌 된 일인지 항상 나를 비난하는 여자 애와 붙어 다녔다. 내가 신경 쓸 문제는 아니었지만 의아했다.

평소처럼 엎드려서 자고 있는데 소란스러운 소리에 잠에서 깼다. 고개를 드니 뒤에 사람들이 몰려 있었다. 다시 엎드리려는데 지나루의 겁먹은 목소리가 들려왔다.

"나 아니야."

나는 자리에서 일어나 무슨 상황인지 파악하기 위해 조금 더 가까이 다가갔다. 늘 나를 비난하려는 여자 애의 흐릿한 목소리가 들려오면서 조각들이 맞춰졌다. 지나루가 뒤에서 자신을 욕하고 다녔다는 것이다.

"왕따가 놀아주니까 친군 줄 아네? 어?"

그 여자 애는 반 애들이 모두 자신의 편을 들어주리라고 확신하는 얼굴로 자랑스럽게 말하고 있었다.

"그런 말 한 적 없어. 진짜야."

"가식 좀 떨지 마. 역겨우니까. 또 이러고 뒤에 가서 욕하고 있겠지. 하긴 네 친구들 보면 딱 답이 나온다."

지나루의 눈이 붉어졌다. 그 여자 애는 자신은 일말의 잘못도 하지 않았다는 얼굴로 계속 쏘아붙였다.

나는 무리 속으로 들어가 두 사람 사이를 막고 섰다.

"뭐 하는데?"

"네가 왜 난리야? 빠져. 지나루가 나한테 잘못한 거니까."

"누가 난리 치고 있는지 봐."

"뭐? 뻔뻔한 거 봐라. 내가 잘못했다는 투네? 참, 너도 다를 거 없지. 남의 물건이나 훔치는 주제에."

교실로 들어온 강별이 곧바로 이쪽으로 다가와 상황을 파악하고 그 여자 애를 달래기 시작했다.

"잘못 들은 걸 거야."

"뭐? 너도 쟤네 편이야?"

그 여자 애는 강별은 무조건 자신의 편을 들어줄 것이리고 생각했는지 어처구니없다는 얼굴이었다.

"네 편 내 편이 어딨어. 일단 진정하고 어떻게 된 건지 알아보자는 거지. 누구한테 들은 거야?"

모두가 궁금하다는 얼굴로 쳐다보자 그 여자 애는 한마디면 끝난다는 얼굴로 말했다.

"건이가 그랬다."

"윤건?"

모두가 조금 떨어진 거리에 서 있는 윤건에게로 고개를 돌렸다.

"무슨 소리야? 내가 언제 그랬어? 이상한 소리 하네."

"건아, 왜 그래. 네가 그랬잖아. 지나루가 나 욕하고 다닌다고."

"내가 언제?"

윤건은 이상하다는 얼굴로 그 여자 애를 쳐다보다가 밖으로 나갔다. 나는 뒤따라 나가 윤건의 어깨를 잡았다.

"뭐야?"

"아니라고 말해."

"내가 왜?"

"지금 뭐 하는 건데?"

"네가 나한테 한 거. 너도 아무렇지 않게 강별한테 상처 줬잖아. 나도 너랑 똑같은 짓 하고 있는 거야."

나는 할 말이 없었다. 그 말이 틀리지 않았기 때문이다. 나도 아무렇지 않게 강별에게 상처를 준 적이 있었다. 어쩌면 그 상처가 돌고 돌아 내게, 혹은 내 소중한 사람에게 돌아오는 것일 수도 있었다.

아무 말도 못하는 내게 윤건이 싸늘하게 말했다.

"이보다 더한 짓도 할 거니까, 어디 잘 지켜봐."

윤건은 가버렸다. 나는 그 뒷모습을 보다가 교실로 돌아갔다. 난리를 치던 여자 애는 잠잠해져 있었다.

남은 수업 내내 엎드려 있던 지나루는 학교가 끝나고 편의점으로 왔지만 안으로 들어오지는 않았다. 나는 그 뒷모습을 보다가 캔 음료 두 개를 계산하고 밖으로 나왔다.

음료를 테이블 위에 내려놓자 지나루가 말했다.

"이제 날 다 싫어하겠지? 다시 혼자가 될 거야."

"너 혼자 아니야. 나도 있고, 강은비도 있으니까."

지나루는 붉어진 눈으로 고개를 떨어뜨렸다.

지나루는 긴장한 상태로 학교에 나왔다. 반 애들이 어떻게 대할지 알 수 없었다. 그런데 다행히 아이들은 지나루에게 더 우호적이었다. 왕따를 외치던 여자 애는 거의 왕따가 돼 있었다. 그 애는 어쩔 수 없이 사과를 했고 지나루는 흔쾌히 받았다. 하지만 그 애가 한 말은 엎질러진 물처럼 반 애들에게는 돌이킬 수 없는 일이 되어 있었다. 반 애들은 그 여자 애를 외면하기 시작했다.

참 이상했다. 그런 큰일에는 누구나 성인군자가 되는 것이다. 옳고 그름이 무엇인지 정확하게 알고 있다는 듯 그들은 그 여자 애의 잘못을 객관적이고 견고하게 쟀다. 이들은 정말로 옳은 것을 좋아하는 걸까? 그저 한 사람을 비난함으로써 자신이 짊어지고 있는 짐을 잠시 내려놓고 싶은 것은 아닐까? 그들이 조금이라도 옳고 그름에 관심이 있었다면 누구를 섣불리 판단하는 짓 따위는 하지 않을 것이다. 자신도 다를 바 없는 너무나 한심한 사람이기에.

사람은 두 부류로 나눌 수 있었다. 너무 부족하고 연약하기 때문에 태어난 대로 사는 사람과, 너무 부족하고 한심한 걸 알기 때문에 조금이라도 노력하는 사람으로. 지금까지 나는 전자의 부류였다. 한심한 나를 인정하고, 한심하게 살아왔다. 소중한 사람이 아무도 없던 나는 이하은의 말처럼 그저 죽기 위해 살았다. 너무 먼 길을 돌았지만 나는 그 사실을 알게 됐고, 이제 내 안에 있는 커다란 조각들을 지키기 위해 살아가고 싶어졌다.

나는 윤건이 교실로 들어왔을 때부터 눈을 떼지 않았다. 어제 했던 말이 계속 신경 쓰였다. "이보다 더한 짓도 할 거니까, 어디 잘 지켜봐."

그저 겁을 주기 위한 말이 아닌 듯했다. 하지만 윤건은 평소와 별반 다르지 않게 행동했다. 그래도 윤건이 드문드문 지나루를 쳐다볼 때마다 불안했다.

쉬는 시간이 되고 지나루가 교실에서 나가자 윤건도 일어나 나갔다. 나는 다급하게 두 사람을 쫓아갔다.

복도로 나오자 다른 애들 때문에 두 사람이 보이지 않았다. 나는 고개를 이리저리 움직이며 두 사람을 찾았다. 그때 계단 쪽에서 비명 소리가 들리고 사람들이 웅성댔다. 나는 곧바로 소리 나는 쪽으로 뛰어갔다.

사람들이 모여 있어서 무슨 일인지 알 수 없었다. 나는 그들을 헤집고 들어갔다. 계단 밑을 보자 지나루가 쓰러져 있었다. 그리고 윤건은 다급한 얼굴로 그 아이를 업은 뒤 보건실로 달려갔다.

금방 지나루가 구급차에 실려 갔고, 담임은 심각한 얼굴로 교실에 들어와 물었다.

"건아, 어떻게 된 거야?"

"죄송합니다. 누가 뒤에서 절 밀었는데 제가 밀렸어요."

"누가 민 거야?"

"그게, 사람이 너무 많아서 잘 모르겠어요."

담임은 한숨을 길게 내뱉었다.

나는 수업 시간 내내 윤건이 지나루를 일부러 밀었는지 실수로 밀었는지 생각했다. 아무래도 좋은 쪽으로는 생각할 수 없었다. 그러기엔 모든 게 너무 잘 맞아떨어졌다.

쉬는 시간이 되고 나는 윤건을 쫓아갔다.

"일부러 그런 거냐?"

"뭐가?"

"고의로 그런 거냐고."

"아니, 실수야."

"이게 실수라고."

"아니면 뭐 어쩌게."

"왜 이렇게까지 해?"

"네가 날 먼저 건드렸으니까."

"이래봤자 상처받는 건 너야."

"너도 상처는 받지."

"그래서 뭐가 달라지는데?"

"달라지는 거 없어. 네가 힘들어하는 걸 보고 싶을 뿐이야."

"바보 같은 짓 그만해. 네가 지키고 싶다는 그 사람도 좋아하지 않을 거니까. 투정 부리고 싶으면 나한테 부려. 왜 아무 상관도 없는 사람한테 그래?"

"네가 나한테 했던 말 기억 안 나? 네 사람이면 네가 똑바로 지켜, 나한테 와서 징징거리지 말고."

나는 말문이 막혔다.

"앞으로 더 기대해봐."

"내가 어떻게 하면 되는데."

"늦었어. 난 이미 소중한 사람을 잃었으니까, 너도 그냥 잃어."

윤건은 나를 한 번 비웃고 유유히 걸어갔다. 나는 멍하니 복도에 서 있었다. 막을 방법이 떠오르지 않았다.

학교 끝나고 곧장 지나루의 병원으로 가볼 생각을 하고 있을 때 강별이 다가와 말했다.

"나루 병원 가볼 거지?"

나는 고개를 끄덕였다.

"같이 가자."

병원에 빈손으로 갈 수 없어 음료수를 들고 갔다. 지나루가 알려준 병실 앞에 도착하니 안쪽에서 지나투 어머니와 윤건의 목소리가 들려왔다. 나는 살짝 병실 안을 들여다봤다. 아주머니가 윤건과 대화하며 활짝 웃고 있었다. 나를 대할 때와는 완전히 달랐다. 나는 아직 아무 일도 일어나지 않았다는 것에 안도를 하고 병실 문을 노크했다.

내가 들어가자마자 지나루가 반기며 말했다.

"어? 왔어?"

"뭐야, 네가 여길 왜?"

아주머니가 말했다.

윤건은 나를 보고 비웃으려다가 강별을 보자마자 얼굴이 굳어졌다.

나는 아주머니에게 음료를 내밀고 말했다.

"안녕하세요."

아주머니는 내가 내민 음료를 밀어 바닥에 떨어지게 했다.

"엄마! 뭐 하는 거야!"

"넌 가만있어. 여기가 어디라고 와? 빨리 안 나가?"

나는 아주머니가 더 화를 내기 전에 밖으로 나왔다. 그래도 아주머니가 붙어 있어서 무슨 일이 생길 것 같지는 않았다.

"이제 어떡할 거야?"

강별이 물었다.

"좀 있어봐야지."

"같이 있자."

병원 입구에 서 있는데 금방 윤건이 모습을 드러냈다. 강별 때문인지 굳은 얼굴이었다.

"나 윤건이랑 얘기 좀 하고 올게."

나는 강별에게 말하고, 윤건과 조금 떨어진 곳에서 얘기를 했다.

"너 여기 왜 왔어."

"병문안 왔지."

"어디까지 갈 생각이야."

"몰라. 어디까지 갈 것 같아?"

"강별 보기 안 부끄럽냐?"

"누가 이렇게 만들었는데? 난 별이밖에 없었는데 누가 이렇게까지 만들었냐고."

어느 순간 강별이 내 앞까지 와 있었다. 강별은 윤건의 얼굴을 바라보다가 천천히 말했다.

"나 때문에 이런 거야?"

윤건은 멍한 얼굴로 서 있었다.

"왜 나 때문에 이렇게까지 하는 거야?"

"좋아하니까."

윤건은 그 말을 하고 다른 곳으로 가버렸다.

강별은 고개를 떨어뜨렸고, 나는 한숨을 내뱉었다.

14장

각자의 사정

지나루가 퇴원을 하고, 학교는 기말고사를 준비하기 시작했다. 선생들은 시험 외에는 어떤 얘기도 꺼내지 않았다.

　그리고 윤건은 며칠째 학교에 나오지 않았다. 모범생이 학교에 나오지 않자 지나루가 나오지 않을 때와는 상황이 달랐다. 모든 선생들이 매일같이 그 애를 걱정하며 전화를 해보라고 지시했다.

　강별은 어두운 얼굴로 말했다.

　"그때 내가 그렇게 행동하지 말았어야 했을까?"

　"너무 걱정하지 마. 네가 생각하는 것보다 강한 애니까."

　"아무 일도 없어야 할 텐데."

더 말을 하진 않았지만 나 역시 신경이 쓰이고 있었다.

기말고사가 시작됐지만 윤건은 나타나지 않았다. 담임은 거의 미쳐가는 듯 보였다.

나는 생각나는 대로 문제를 풀었다. 좋은 점수를 기대하지도 않았고, 굳이 좋은 점수가 필요하지도 않았다. 대학에 갈 생각이 없었기 때문이다.

기말고사는 금방 끝이 났다. 나에게는 중요한 일이 아니었기 때문에 별다른 감흥이 없었다. 하지만 반 애들은 인생의 모든 시험이 끝났다는 듯이 행복해했다. 시험이 끝나 모두가 여행을 가거나 놀러 갈 생각을 하며 들떠 있었다.

나는 모든 소음을 뚫고 집으로 돌아갔다가 편의점 아르바이트를 갔다. 내가 들어온 지 5분도 되지 않아 지나루와 강은비가 편의점으로 들어왔다. 내가 의아한 눈으로 보자 강은비가 말했다.

"시험 끝났으니까 여기서라도 같이 놀자."

두 사람은 파티라도 하듯 먹을 것을 잔뜩 사서 테이블 위에 펼쳐놓고 즐거워했다. 나도 일하는 사이사이 그들과 대화하거나 책을 읽으며 시간을 때웠다. 파티가 끝나갈 무렵엔 바깥도 어두워져 있었다.

문득 책을 덮고 고개를 들었을 때 윤건이 바깥에 서 있는 게 눈에 들어왔다. 순간 다행이라는 생각이 들었다. 살아 있어서 다행이었다. 뭐가 어떻게 됐든 나는 그 아이가 죽지 않길 바라고 있었다.

윤건은 안으로 들어오지 않고 우두커니 서 있었다. 곧 강은비와 지나루도 윤건을 보게 됐다. 강은비는 밖으로 나가 그에게 무슨 말을 하다가 다시 들어왔다.

"안 들어오려고 하는데?"

나는 고개를 끄덕였다.

"너 건이랑 무슨 일 있어?"

"별일 없어."

"있는 것 같은데? 무슨 일이야?"

"그냥 한 사람이 한 사람을 좋아하면 아무것도 아닌 일에 상처를 받아. 그리고 상처가 생기면 상처받은 자신에게 벌을 주기도 하고. 흔한 일이야. 가끔 넘어지는 것처럼."

"그게 같아?"

"응, 상처가 생기고 그 상처를 아물게 하려는 과정이니까. 뭐, 아픔은 다르겠지만."

지나루와 강은비는 늘 일어나는 시간에 밖으로 나갔다. 윤건은 바깥 테이블에 혼자 앉아 있었다.

아르바이트가 끝나고 나는 그 앞에 앉았다. 그리고 윤건의 얼굴을 보면서 생각했다. 왜 이렇게 돼버린 걸까?

아쉬울 게 없는 애였다. 그런데 그토록 중요시 여겼던 학교 시험조차 보지 않았다. 나는 고개를 들어 하늘을 바라보다가 한숨을 내뱉었다.

"옆에 있는 사람들이 늘어나는 것 같네, 너는."

나는 그 말에 잠깐 멍해졌다. 그 말은 꼭 이렇게 들렸다. 하나씩 사라지고 있는데, 나는.

"학교는 왜 안 나와?"

"나가야 할 이유가 사라졌으니까."

"사라진 건 아무것도 없어. 모든 게 그대로야. 네가 제대로 된 방향을 잡았을 뿐이지."

"초등학생 때부터 모두가 나를 반듯한 반장으로 봤어. 공부도 잘했고, 운동도 잘했고, 운이 좋게 몸도 컸으니까. 어디를 가든 사람들을 이끌었고, 그렇게 했어야 했어. 누구도 그걸 이상하게 생각하지 않았지. 부모님도 당연하게만 생각했고. 그러다 내가 실수로 쉬운 문제를 틀린 적이 있었어. 모두가 하는 실수였으니까 가볍게 생각했는데, 집에 가서 알게 됐지. 내가 한 실수는 실수가 아니라는 걸. 내가 실수를 하는 순간 모두가 실망한 얼굴로 나를 봤어. 어머니가 원하던 성

적이 나오지 않았을 때 나를 보던 그 눈빛이 잊히질 않아."

윤건은 허공을 보며 담담하게 말을 이었다.

"모두가 실수를 하면 이해를 받고 격려를 받있는데 난 그 잊히지 않는 얼굴을 봐야만 했어. 내가 하는 노력은 모두 너무 당연하게 받아들여졌고. 힘들었냐고, 괜찮냐고 묻는 사람은 한 명도 없었어. 친구들한테 말하면 모두 자랑하는 거냐며 우습게 넘겼지. 그런데 중학교에 올라가고 별이를 만났어. 별이가 나한테 많이 힘들겠다고 괜찮냐고 물어보더라. 내가 실수해도 웃으면서 넘어가주고. 처음이었어, 다른 사람한테 이해받고 있는 느낌.

무척 따뜻했어. 다른 사람들은 다 이런 따뜻함을 받으면서 살아간다고 생각하니까 한없이 고독해지더라. 이 아이가 아니었다면 난 평생 그런 따뜻함을 느끼지 못하고 죽었을 수도 있겠구나 싶었어. 그래서 그 아이한테 모든 걸 걸었어. 그 아이 옆에만 있을 수 있다면 무슨 짓이든 할 거라고 다짐했어."

윤건은 잠깐 내 눈을 보다가 다시 말했다.

"그래서 네가 당당하게 네 사람들 지킬 거라고 얘기했을 때 부러웠어. 나도 그러고 싶었으니까. 나도 지키고 싶었으니까."

모든 사람에게는 각자의 사정이란 게 존재한다. 그러니까 자신이 소중하다고 생각하는 것을 지켜내기 위해, 그 누구도 이해할 수 없는 방법을 선택할 때도 있는 것이다.

"아직 늦지 않았다면 어떻게 할래?"

"끝난 거야. 끝났다고 생각하고 있고."

"만약에 강별이 널 걱정하고 있다면? 네가 학교에 나오길 바라고 있으면?"

"그러기엔 내가 너무 잘못 살았어."

윤건은 숨을 길게 내뱉고 더 이상 아무 말도 하지 않았다.

새벽에 일어나 세수를 하고 화장실에서 나왔다. 아버지가 메리야스에 반바지를 입고 물을 마시고 있는 게 보였다. 오랜만에 제대로 얼굴을 봐서 그런지 내가 생각했던 것보다 더 늙어 보였다. 아버지는 내 눈치를 보다가 아무 말도 하지 않고 화장실로 들어갔다.

그런 아버지를 보고 있으니 문득 내가 아버지와 다를 게 없다는 생각이 들었다. 어쩌면 아버지도 세상과 맞서 싸웠던 게 아닐까? 결국 질 수밖에 없는 싸움이었지만, 그래도 어떻게든 살아보기 위해 애썼던 게 아니었을까? 아버지 또한 지금은 그렇게 부를 수 없는 어머니를 지키기 위해 싸웠을 수도 있었다. 아버지라고 괜찮을 리가 없었다. 그저 괜찮은 척, 아무렇지 않은 척 해왔던 것이다. 이상했다. 절대로 이해할 수 없던 아버지가 이해되고 있다.

아버지가 세수를 마치고 나왔다. 나는 크게 숨을 쉬고 일어날 준비를 했다.

차에 올라타 창문을 열어두고 창밖을 봤다. 아직 모든 것이 시작되지 않은, 모든 것들이 휴식을 취하고 있는 풍경이었다. 나는 거무스름한 하늘을 보며 말했다.

"고마워요."

"어?"

"버리지 않아서요."

아버지는 아무 말도 하지 않았다. 앞만 보고 운전할 뿐이었다. 나도 창밖만 바라봤기 때문에 아버지가 어떤 표정을 짓는지는 알 수 없었다.

나에게도 그럴 권리가 있다면 이젠 아버지를 용서하고 싶었다. 더 이상 누구를 원망하고 싶지도, 더 이상 나를 괴롭히고 싶지도 않았다. 솔직하게 말하면, 용서할 수 없었던 나를 용서하고 싶어졌다. 지금까지 있었던 모든 일을 털어버리고 다시 시작하고 싶어졌다.

일을 끝내고 돌아와 학교에 나가려고 하자 아버지가 우산을 내밀었다. 나는 그 우산을 바라보다가 말했다.

"다녀올게요."

아버지는 고개를 끄덕였다.

교실에 들어가자 윤건이 보였다. 예전처럼 반 애들에게 둘러싸인 모습이었다. 자리로 가면서 보니 지금까지 보지 못했던 편안한 미소를 짓고 있었다.

강별은 걱정하던 것치고는 자기 자리에 앉아 조용했다.

"왜 그렇게 표정이 안 좋아? 윤건 학교 나왔네."

강별은 고개를 떨어뜨렸다. 윤건은 반 애들과 얘기를 나누다가 이쪽으로 걸어왔다. 강별은 일부러 윤건의 얼굴을 보지 않았다.

"지금까지 힘들게 해서 미안해. 잘 지내."

나는 윤건의 말을 이해하지 못하고 고개를 들었다. 윤건은 미소를 지어 보이고 밖으로 나갔다. 나는 자리에서 일어나 쫓아갔다.

"뭐 하는 거야?"

"전학 가거든."

"뭐?"

"처음부터 다시 시작하게. 나도 내가 하고 싶은 대로 살고 싶어졌어. 별이 잘 부탁할게."

윤건은 몸을 돌려 손을 한 번 들어 보이고 걸어갔다. 나는 그곳에 서서 그 아이가 보이지 않을 때까지 바라봤다.

자리로 돌아오자 강별이 엎드려 있었다. 울고 있는 것 같았다. 나는 숨을 길게 내뱉고 창밖을 바라봤다.

어느새 먹구름이 하늘에 가득 차 있었다. 그리고 먹구름은 금방 비를 뿌렸다. 나는 젖어가는 텅 빈 운동장을 바라봤다.

학교가 끝나고 강별은 조용히 혼자 밖으로 나갔다. 나도 따라 나갔다. 강별은 우산도 들고 있지 않았다.

밖으로 나오자 세차게 내리는 빗소리가 선명히 들려왔다. 강별은 망설이지 않고 빗속으로 걸어갔다. 나는 뛰어가 그 아이의 팔을 붙잡고, 들고 있던 우산을 손에 쥐여주었다.

"알아서 쓰고 가."

"뭐야, 이거?"

나는 대답하지 않고 빗속으로 들어갔다.

멍하니 하늘을 보며 걸었다. 얼마나 걸었을까 문득 양쪽에서 두 사람이 나를 감싸며 우산이 내 머리 위로 드리워졌다. 지나루와 강은비였다.

강은비는 내 몸에 묻은 빗물을 털어주며 말했다.

"혼자 비 맞으면서 어딜 그렇게 가?"

"아르바이트 가야지."

"오늘 우리 놀 건데 못 놀아?"

"응, 요새 자꾸 빠져서 안 돼."

"어쩔 수 없네."

나는 됐다고 했지만 그들은 나를 끝까지 데려다줬다. 우산 하나로 셋이 썼기 때문에 안 쓴 것이나 마찬가지였다. 하지만 그들은 아무려면 어떠냐는 얼굴로 웃었다.

편의점으로 들어와 나는 쏟아지는 비를 바라봤다. 비를 보고 있으니 웅덩이에 비치던 이하은의 모습이 떠올랐다. 그 아이는 살아 있었던 걸까, 아니면 내가 멋대로 만들어낸 환영이었던 걸까. 알 수 없었다. 내가 확신할 수 있는 건 이젠 두 번 다시 그 아이를 볼 수 없다는 것뿐이었다.

이하은, 강별, 지나루, 강은비, 윤건. 그들은 모두 편견의 피해자였다. 각기 다른 상황이 있었고, 각기 다른 상처가 있었다. 하지만 그들을 이해하려고 하는 사람은 적었다. 그저 겉으로만 보고 조금 다르다는 이유로, 조금 이상하다는 이유로 흠집을 내려고만 했다.

모두가 보편적인 상황을 만나, 보편적인 상황 속에서 살아갈 수는 없는 것이다. 누구는 부모에게 버려졌을 수도 있고, 누구는 부모를 잃었을 수도 있고, 누구는 부모의 잘못된 사랑에 상처받았을 수도 있다. 그런 그들에게 이상하다는 말을 하기 전에 한 번쯤은 생각했으면 좋겠다. 왜 그럴 수밖에 없었을까, 라고. 어쩌면 그 한 번의 생각이 한 걸음이 되어 쓰러져가는 그들을 일으켜 세워줄 수도 있다. 죽어가던 내게 손을 내밀어준 사람들처럼.

편의점 안은 조용했다. 빗소리 말고는 아무 소리도 들리지 않았다. 편의점 안은 언제부터 이토록 조용했던 걸까?

많은 사람들이 이곳에 왔었다. 그리고 많은 일들이 있었다. 이젠 그 모든 일들이 끝나버린 듯했다. 분명 또 다른 일들이 내 앞에 놓여 있겠지만, 지금은 그랬다. 모든 일이 끝나버린 것처럼 고요했다.

그 적막을 뚫고 옆 창문으로 노크 소리가 들려왔다. 고개를 돌리자 강별이 보였다. 그 아이가 미소를 짓고 있었다. 그리고 그 미소는 내게 또 다른 일들이 시작되고 있음을 알려주었다.

　우리는 매일 사람들과 어우러지며 알게 모르게 조금씩 상처를 받는다. 이리저리 치이다 보면 어느 순간 익숙해진다고도 하지만 난 그게 익숙해지는 거라고 생각하지 않는다. 그건 마음이 굳어가는 것이다. 내가 이 책을 통해 전하고 싶은 건 하나뿐이다. 따뜻함. 그 따뜻함이 굳어가는 마음을 녹여주길 바란다. 그래서 이 책을 읽은 누군가가, 또 다른 누군가에게 따뜻함을 주어 그 사람의 마음을 녹여주길 바란다.

　생각보다 이른 나이에 책을 내게 됐다. 그토록 바라던 꿈이 이뤄졌는데 기쁜 감정보다는 불안한 감정이 크다. 체계적으로 글을 배워본 적도 없고, 나를 돋보여줄 학력이나 수 상 경험도 전혀 없다. 그래서 그런지 주변에선 늘 날 걱정하 거나 글을 꼭 써야만 하는 이유에 대해 물었다. 그럴 때마다 아무 대답도 하지 않았다. 나도 이유를 잘 몰랐다. 이젠 내 이름으로 책이 나오는데도 여전히 난 정확한 이유를 모른 다. 아마도 거창하거나 그럴듯한 이유 같은 게 없어서인지 도 모르겠다. 그저 나라는 사람과 작가라는 직업이 가장 적 합했기 때문이지 않을까? 내가 이 세상을 제대로 살아갈 수 있는 방법이 글 쓰는 것 말고는 달리 없다고 본능적으로 느 꼈던 것 같다. 그래서 조금이라도 더 제대로 살아보려고 발 버둥 친 사람들에 대한 이야기를 써보고 싶었다. 각자의 상 황과 상처를 끌어안고, 누구도 이해할 수 없는 선택을 하면 서도 어떻게든 살아보려고 노력하는 사람들의 이야기를.

2019년 여름, 임하운

임하운   1994년 11월 서울에서 태어났다. 2년제 대학 졸업 후 김포공항 특수보안업계에서 일하고 있으며, 2016년부터 소설을 쓰기 시작했다.

뜻밖의 계절

초판 1쇄 발행일 2019년 8월 23일
초판 11쇄 발행일 2024년 6월 28일

지은이 임하운

발행인 조윤성

편집 황경하 **디자인** 서윤하 **마케팅** 서승아
발행처 ㈜SIGONGSA **주소** 서울시 성동구 광나루로 172 린하우스 4층(우편번호 04791)
대표전화 02-3486-6877 **팩스(주문)** 02-585-1755
홈페이지 www.sigongsa.com / www.sigongjunior.com

글 ⓒ 임하운, 2019

ISBN 978-89-527-3868-4 03810

*SIGONGSA는 시공간을 넘는 무한한 콘텐츠 세상을 만듭니다.
*SIGONGSA는 더 나은 내일을 함께 만들 여러분의 소중한 의견을 기다립니다.
*잘못 만들어진 책은 구입하신 곳에서 바꾸어 드립니다.

WEPUB 원스톱 출판 투고 플랫폼 '위펍' _wepub.kr
위펍은 다양한 콘텐츠 발굴과 확장의 기회를 높여주는
SIGONGSA의 출판IP 투고·매칭 플랫폼입니다.